U0010212

語言是活的

吳鳳寫給你的第一堂外語課

吳鳳 著
Uğur Rifat Karlova

願你像我一樣快樂學習

我又迎來了一個新寶寶！

放心，我的意思不是老婆懷了第三胎，而是我的新書終於到你的手上了。

這本書是我在台灣出版的第六本書，也算是第六個寶寶，因為每本新書的誕生都像是小寶寶一樣需要呵護與照顧。從有了想法到慢慢開始寫，經過許多過程，才能變成一本書。而等到最後在印刷廠看到熱騰騰的樣子，我就變成世界上最幸福的人。

這次的書跟之前寫的作品有很大的不同，《語言是活的》偏向工具書，我想把自己語言學習過程仔細地介紹給讀者朋友。我知道在台灣很多人有語言學習的困擾，尤其是英文，市面上也有很多英文補習班，所以我常常在想怎麼樣可以幫助到大家，除了土耳其語之外，我會講四國語言。我十二歲開始學英文、十四歲學德文、二十一歲學中文。現在四種語言都非常流利，所以學語言永遠都不怕太晚開始！只怕你不願意開始！

英文，目前是世界最主流的語言。但如果你正在學法文，或者

其他任何一種語言，我的學習技巧還是對你有幫助。寫這本書的時候我一直想要創造一個學習觀念給讀者朋友，而不是像上課一樣教你怎麼學語言。所以我的書不是一本課本，而是真實的生活。等你看完整本書，就會發現語言會越學越順利，越學越有效。

不管你的基礎如何，我相信這本書的每一頁你都會有新發現。像是怎麼練習英文？跟外國人聊天時，需要注意什麼？怎麼學新的單字？如何增加國際觀等等，都在書裡面。更重要的是，我把真實的故事分享給你，遇到過的情況跟各種各樣的困境，讓讀者從我的角度看語言學習這個世界。

我以簡單的口語與你分享許多學習的細節，從第一次接觸語言到怎麼把語言放在生活中等等，一步一步提供給你。當我寫這本書的時候一直回想，為什麼爸爸當時一直強調學語言的重要性，而這本書最大的力量跟動力來自我的父親。我也希望你可以收到一樣的動力，把語言學習這件事很用心地進行，像我一樣快樂地學習，享受學習的時光。

如果今天爸爸還在的話，我一定很開心地把這本書送給他，然後對他說：「爸爸，你沒有錯！當年你說的『一個語言一個人生，兩個語言兩個人生』這句話改變了我！謝謝你。」

雖然爸爸已經不在，我很想念他，但這也是人生的一個過程。

最重要的是把人生的每一段過得精采，玩得更過癮。請你每一頁專心看我在寫什麼，有時候閉上眼睛，想一想自己如果遇到同樣的狀況會如何？這本書絕對成為你一輩子的好朋友，像指南針一樣告訴你語言學習的正確方向。如果你找到學習之路的話，我就算成功了！

　　謝謝你們相信我，把這本書放在你的書架上。謝謝用心的出版社與團隊，幫助我順利完成這個作品。另外要謝謝我的太太，因為我每次寫中文書，都是她先仔細看過我的文法、內容、錯字等等！最後一句我想要送給我爸爸：「謝謝你引導我，讓我變成靠自己獨立的一個人，你的許多夢想還跟著我繼續活下去，我一定會一個一個實現，我愛你，想你。」

目　錄
CONTENTS

學習小叮嚀

一個語言一個人生，
兩個語言兩個人生

興趣代表一切

不管如何，我就是覺得學英文很好玩，
我不會卡在成績上！
我喜歡看英文書，喜歡這個語言的文化。

🔊 語言，讓你成為有價值的人

一九九二年我剛好十二歲，小學畢業。當時的土耳其教育制度是五年小學後要讀三年的國中。我記得爸爸帶我去阿姨家，一起討論接下來要去讀哪一個學校？我清清楚楚地記得當天的氣氛跟對話的內容。

我們全家人坐在沙發上，阿姨跟爸爸說：「如果你需要的話，可以把兒子送這裡的國立學校，我們小鎮學校的品質滿好的，我也是老師，可以更近距離關心 Uğur。」（沒有錯，我土耳其名字的第一個字是 Uğur，所以阿姨們很喜歡叫我 Uğur。我名字的第二個字是 Rifat，爸爸比較喜歡叫我 Rifat，因為我爺爺的名字也是 Rifat。）

爸爸看著阿姨，很肯定地說：「不！我想要兒子去私立的雙語學校，我想要他學好英文！」

爸爸這句話讓我一輩子都不會忘記。

其實，我一聽到雙語學校就很驚訝，因為雙語學校的學費並不便宜，為什麼爸爸突然說送我去雙語學校呢？

當天討論後，大家也沒有反對，我自己沒有說什麼話。但爸爸問我要不要去雙語學校時，我回答他：「如果你要我去上的話，我可以！」但在回家的路上，我一直有疑問，為什麼爸爸這

麼堅持一定要我去雙語學校，我們並不是很有錢的人……最後我忍不住，直接問爸爸，沒想到上了人生最重要的一課！

爸爸回答我：「孩子，你現在還很小，也許不太會懂我的意思。但是我認為學語言是一個很好的投資，而且一定要學好，雙語學校的環境可以讓你學得好。而且請不要忘記，一個語言一個人生，兩個語言兩個人生。如果你把英文或者其他語言學好的話，可以到世界各地去工作，到處都可以找得到機會。我的夢想是讓你變成有價值的人！我希望有人要拜託你去工作，而不是你去拜託別人。你要懂這個差別，所以我認為雙語學校是對的。」

我乖乖地聽爸爸的話，也同時擔心學費怎麼辦？爸爸的回答，又是讓我一輩子忘不了的另外一段話！

爸爸說：「賺錢是我的責任，學習是你的責任！你不要問學費這件事，只要好好學就對了！」

當天和爸爸在車上的幾分鐘對話，改變了我對語言學習的看法。在那天之前，我從來不覺得學英文有那麼重要。以當時土耳其的教育，基本上大部分的孩子在十二至十三歲都不會接觸英文。但學英語是爸爸非常重要的想法，我在他的安排下，一起去報名雙語學校。

但我也必須說明，請不要認為學英文一定要去私立雙語學校，這是爸爸和我的選擇。請你不要誤會，難道不去雙語學校，

就沒辦法學好英文嗎？當然不是！學習語言，你的興趣就代表一切，只要認真學習，環境就會幫助打造基礎，也許全英文的教育帶來的好處更多，你可以透過我在書中的分享，再堅定你的判斷。讓我們先回去一九九二年，那一年是我學習英文的開始。

我考五十分，但我不自卑

在土耳其當時的國立國中教育是三年，而我就讀的學校是四年，並且是雙語教育。這個學校是我家鄉第一個私立學校，所以當年經濟能力較好的父母都把孩子送到這裡。雖然我們家條件中等，但爸爸認為收入的一大部分支付我的學費是可以接受的！當時我不太懂爸爸的犧牲多大。

這個學校的名字叫 Tekirdag Private School，所有學生必須要先念一年的英文之後，才能開始正式進入一年級學程。這一年有一個專門名字叫 Preparation class，或者可以說 Prep。這一年對英文教育來說非常地重要，甚至數學、化學、科學，學校特地邀請海外的老師以英文來授課。對當年的教育資源來講，這個學校的環境跟提供的雙語教育相當地先進。

一九九二年的九月我正式在這所雙語學校開始讀書，而且住在宿舍，只有週末回家，平常日都在學校。十二歲的我帶著好奇

心正式開始學英文。之前我從來沒有接觸過英文這個語言，後來慢慢學習一步一步融入英文世界。

時間過得很快，在學校我覺得很好玩，不管是宿舍生活或新的朋友等等都很 cool！不過我必須承認，我的考試成績不是太好。當時家鄉的同學有成績非常好的朋友，像我認識的一位女同學，考試得到九十分竟然哭了！不像我雖然只拿到五十分，心裡就想放鞭炮慶祝。雖然有時候很羨慕那些成績好的同學，但是我沒有因為他們成績比我好，就難過或者放棄學習，加上我的個性開朗，跟老師的關係也不錯，即使成績中等，也不會覺得自卑。爸爸更沒有因為我的成績罵過我，頂多叫我多注意一下，爸爸的態度很正面，他常鼓勵我，告訴我語言學習的重要性，當然他也希望我可以更努力一點，讓成績越來越好。

爸爸不會講英文，所以他沒辦法陪我一起練習，有時候會跟老師們討論我的表現，但是從來沒有聽過我講英文。我記得他有時候開玩笑地問我：孩子，如果從這個門突然出現外國人的話，你真的會跟他們講英文嗎？

我就回答：應該會吧！

結果有一天發生一件事，現在想起來都覺得不可思議。

🔈 Do you speak English?

　　我記得大概是一九九三年或九四年的某一天，當我跟爸爸在自己開的店裡聊天，然後外面停了一台吉普車，兩位高高的男生下車，進我們的店開始講英文，我真的非常地驚訝！因為在我們生活的小鎮出現美國人的比例非常少，好像是沙漠中見到一杯珍珠奶茶一樣！

　　這兩位男生來自美國，在我們家鄉的天然瓦斯公司工作。當天他們公司需要買汽油，來到我們店裡，我站起來在門口歡迎他們。

　　美國人問：Do you speak English?

　　當時我有點愣住，爸爸看著我。當下，感覺我好像站在舞台上，全世界盯著我看的感覺。後來冷靜下來，一切就在一秒內發生，我開口說：

　　Yes, I can speak, how can I help you?

　　然後美國人說他們在找Engine oil，還用了BP、MOBIL、SHELL 這些專業字，但是我很順利地跟他們溝通，還開玩笑地跟他們說：If you need more oil, you can come anytime! I am at your service!

　　美國人跟我們買很多東西，我收錢時偷偷看爸爸的反應，他在笑。然後我跟美國人說：See you next time!

看他們的車子一開走，爸爸站起來喊出：你很棒！跟我說：「你想要吃什麼？喝什麼？我請客！全部我都要付錢，沒關係，盡量吃，最貴的也可以！你的英文原來這麼好！我為你驕傲！」

沒想到爸爸這麼開心，其實我從來沒有想過自己的英文程度，之前只是在學校跟老師聊天上課，況且我的考試成績也不是特別突出。不過我認為有一個關鍵，不管成績如何，我就是覺得學英文很好玩，我不會卡在成績上！我喜歡看英文書、喜歡這個語言的文化，再加上爸爸也鼓勵我，更讓我不以考試成績為標準，只憑自己對於學習英文的樂趣，快樂學習。很多時候考試成績好，並不等於會講英文，成績只是一部分，但是實際上的生活運用又是另外一回事。

🔊 講錯才是正常的

在台灣我遇過許多年輕人成績很好，也補習很長時間的英文，但遇到外國人時卻無法講。也許是台灣人比較害羞，不敢講；也有不少人怕講錯，但是以我的個性，講錯也無所謂，我又不是在美國長大，講錯應該是很正常的事。

我特別分享這個故事，是想要告訴讀者，語言不需要很多理論、文法，語言是活的，你要接觸、要接受，才能慢慢開始吸收。

很多國外的觀光區的商店,老闆跟員工都會講英文,這些人因為環境的關係,很多是自學,觀光客就是他們的老師,當必須說英文才能賺錢時,那樣的環境,就讓人不得不把語言學得更快、更好。

你可以看看在台灣的外國人,他們來台灣不久後,馬上融入社會,語言能力也跟著進步。有一天一位台灣的朋友問我,為什麼外國人來台灣很快開始講中文,而台灣人學英文很久卻沒辦法講?

我在本書會非常強調這件事。大部分的外國人在語言學習心態,是他們非常願意接觸新的環境,不會太害羞或者怕講錯。而且外國人不太在乎口音、發音等等。想要表達就開始講,一邊學一邊進步,學語言就是要這樣才有效。

美國人來我們店裡時,我十三歲,那一天絕對是難忘的。如果爸爸還在的話,我很想要再一次跟他聊當天的故事。我猜他會說:你現在懂了吧?學英文就是這麼地重要!

雖然我學英文的環境比較獨特,但是另外一個關鍵是爸爸的態度。因為語言不只是上課或者補習,父母也要融入你的學習過程。我爸爸不會英文,也許沒有辦法親自幫我練習英文,但是他的生活經驗,有遠見的態度跟鼓勵我的話,都非常地重要。他讓我發現語言的重要性,因為爸爸的引導我才找得到一條路,而且這條路從一九九二年到現在,一直都沒有中斷。這個也是我成功學語言的一個最大原因。

新的決定、
新的方向

人生中許多成就是你必須要自己爭取，
你要訓練自己，準備好未來！
今天的辛苦是幫你創造更堅強的個性。

先打造一個穩固的基礎

　　從十二歲開始學英文到十四歲，我已經有了基本的觀念，學校開始提供給我們第二個語言教育，就是德文。我覺得這是一個正確的政策，有了一個外國語言的基礎後，再來進行學習第二個語言會比較容易。德文對土耳其來說是一個很重要的語言，很多德國人來土耳其旅行，德文的需求成為另一個必要的語言。

　　十四歲我第一次接觸德文時，一開始不太理解德文的邏輯，因為德文跟英文的文法真的很不一樣。比較起來英文算是簡單的，德文非常不容易學，需要更努力。不過當年我們學的德文僅僅只是初階，等於先認識德文的一個基本認識。

　　我遇到一些父母，希望孩子同時學習兩種語言，而且兩種語言都是從零開始！

　　其實，這樣真的非常辛苦，除非像我們家，我會講土耳其話，媽媽講中文，女兒們在雙語的環境下學語言的速度就比較快。當我講土耳其話時，孩子直接從母語者吸收，然後媽媽講中文，再加上環境也是中文，所以中文一點都不困難。而英文的話，學校已經開始教，我在旁協助孩子，現在我女兒等於是這三種語言都順利學習中。

　　如果孩子的英文還不夠好，接著安排另外一種新語言，對小

朋友而言，很容易覺得疲累。有的人英文、法文同步學，會造成孩子心理負擔。我的建議是先讓孩子把英文學好，有了學習的自信，打造一個穩固的基礎，然後再看孩子的興趣，慢慢增加第三種語言。我自己執行後，親眼見證效果。

一九九五年我畢業的時候，當時英文已經有不錯的基礎，並且可以講簡單的德文。爸爸過去說的「一個語言一個人生，兩個語言兩個人生」的夢想，似乎已經實現在我身上了。

找到讓自己開心學習的地方

四年的雙語學校讓我受到一個完整良好的學習，但同時我也知道學費給爸爸的壓力越來越大。加上我在數學和科學的成績不算太好，我自己也沒有太大的興趣，似乎我們的選擇來到了十字路口，我希望跟爸爸討論一個新的方向，是否還要讓我繼續在私立學校讀書？

當年我可以選的學校並不多，一個是一般的國立高中，另外一個是旅遊學校（Tourism School）。我比較想去旅遊學校，這樣我可以繼續學語言，更重要的是旅遊學校不用上數學課，更符合我的希望。

做這個決定時，爸爸一再問我，是不是真心想要去讀旅遊，

因為一選旅遊學校的話，接下來的人生完全往新的方向走。我跟爸爸說，我的個性活潑，喜歡不同文化，也喜歡學語言，再加上不想要一直上數學課。爸爸也尊重我的決定，帶我去報名旅遊學校。

學校叫「Tourism and Hotel Management Vocational School」，這個學校有三個不同領域可以選，櫃檯服務、烹飪，最後一個是餐廳服務。當時我選櫃檯，選擇這一科需要進行英文口試，測試我的英文程度。如果英文不夠好，學校也有為期一年的「preparation class」。如果沒有達到英文程度，我就必須要重新念一年的「preparation class」。之前在雙語學校的訓練，我順利通過口試，開始在「櫃檯系」就讀。

我記得第一次上課時，自己的語言能力不輸給班上同學，老師們的態度跟學校的課程都滿有趣的。我一邊繼續學英文，一邊認識旅遊業，終於找到讓自己開心學習的地方，加上數學課比例很少也很簡單，更是加分。

在旅遊學校的日子過得很開心，爸爸的經濟壓力也減輕許多。一樣住在學校的宿舍的我，培養更多自信，而且越來越融入大環境，更有能力慢慢準備未來獨立生活的日子。

旅遊學校對語言學習最大的幫助是夏天實習的時候。土耳其的旅遊學校通常比其他學校還更早放暑假，主要是要去大飯店實習。因為土耳其是世界知名的觀光景點之一。疫情之前每年約有

四千多萬人到土耳其旅行，旅遊業對土耳其來說是一個很大的收入來源，所以旅遊學校很熱門，專門培養這方面的人才。

📢 磨練更堅強的個性

我的第一次實習是一九九六年五月開始，學校幫我安排南部的五星級國際飯店。當時十六歲的我，第一次離開自己家鄉去很遠的地方打拚。這當然不是一件很容易的事，有很多困難要面對，尤其是正式上班對我是很大的挑戰！

飯店幫我們安排的部門叫做 F&B （Food and Beverage），飯店所有餐飲相關的服務都是由這個部門負責的。我的工作是每天早上要到飯店餐廳準備觀光客的早餐，當時我擔任的工作項目是協助服務生，英文叫做 commies。這個是在餐廳裡面最初階的工作，要做的事是整理桌子、擦地板，幫服務生拿盤子等等。不過因為第一次正式在餐廳工作，而且每天做滿八個小時。對當時十六歲的我，第一天工作結束後，一回到宿舍就累到連衣服都沒有換就睡覺了。

接下來每天繼續同樣的工作，有時候會被服務生罵，剛開始覺得實習真是一個地獄。差不多一星期左右，我就受不了打電話給爸爸跟他說對於實習的失望。當時沒有手機，一定要去隔壁小

鎮的郵局打電話回家。當天爸爸跟我說的話，再度成為我人生永遠不會忘記的一堂課，爸爸說：

「孩子，你第一次接觸真實生活跟賺錢的環境，人生不像你之前小時候一樣這麼順遂。你在飯店的工作會幫助你成長，你會懂賺錢的辛苦、省錢的重要性，尊重老闆跟客人的態度。而且在那裡有很多觀光客，你可以直接跟那些人接觸，讓你語言能力進步。我不可能一輩子養你，這條路你要自己面對，現在放棄很可惜，而且放棄就等於一切就結束了，過了幾年後你要上大學，或者找工作，你以為一切都會這麼容易嗎？人生中許多成就是你必須要自己爭取，你要訓練自己，準備好未來！今天的辛苦是幫你創造更堅強的個性，你現在是一個年輕男生，這條路讓你慢慢從小男孩到變成男人！所以請不要放棄！聽爸爸的話，以後會感謝我，相信我。」

語言能力等於工作機會

說實話，爸爸講完了這些話之後，我哭得更大聲，然後慢慢地回宿舍。接下來的時間，我盡量不要想太多，用心工作至少讓自己能賺錢。後來好像發生了奇蹟，一天比一天我的煩惱跟抱怨慢慢減少了，在工作上我開始表現得更好。每次有好的表現，觀光客給我更多小費，每一次新的小費讓我更有自信，餐廳的主管

也注意到我，由於我能夠使用英文，讓我開始跟世界各地來的觀光客聊天，也是英文能力，讓我在餐飲部門更受歡迎。

再過一段時間，我變得開始跟爸爸分享每天的快樂，他也聽著我在工作上各種各樣的故事。我跟爸爸說，我表現很好，收到很多小費，而且在存錢中。我感覺到爸爸為我驕傲。原來爸爸沒有錯，辛苦的日子過了，才能享受堅持下去的成果。如果一開始放棄，實在是太可惜了。另外，我近距離觀察整個環境，發現語言能力好的時候，大家會注意到我，小費收入會變多，很明顯工作的地位也會不一樣。更有趣的是，因為每天跟外國人聊天，我更有機會訓練英文，實習結束的那一天我的英文已經更流利了。

一九九六年夏天我永遠不會忘記，總共五個月的實習，讓我從男孩到變成一個男人。很明顯我已經更有自信，看起來我可以靠自己努力過活，這五個月對我實在是很大的學習經驗。與剛剛來時哭著要放棄時一樣，因為實習結束最後一天我也哭了，但，這次是因為不想回去而哭。

回家的時候，爸爸很熱情歡迎我、擁抱我、親我。晚上在家裡，我打開我的錢包跟爸爸說：「爸爸，這些錢是我賺的，我想要給你，你可以用在我的教育上或者你需要的話也可以用。」其實，我給的錢不多，但是對我來說是一個成就感。而對爸爸來說，他的孩子已經長大了。

重點整理

★ 學習語言是很好的投資，如果把英文或其他語言學好，可以到世界各地去工作，到處都可以找到機會。

★ 學英文不一定要去雙語學校。興趣代表一切，只要認真學習，環境會幫助你打造基礎。

★ 不以考試成績為標準，只憑自己對於學習英文的樂趣，快樂學習。

★ 語言是活的，你要接觸、要接受，才能慢慢開始吸收。

★ 有了一個外國語言的基礎後，再來學習第二個語言會比較容易。

★ 有了學習的自信，打造一個穩固的基礎，再看自己的興趣，慢慢增加其他語言的學習。

★ 人生中有許多成就是你必須要自己爭取，你要訓練自己，準備好未來。

語言能力
改變我的未來

如果我英文不好，無法爭取在郵輪工作，
同時也無法爭取到比較好的工作內容。

📢 我的褲子不見了?!

一九九六年的實習改變我對世界跟語言教育的觀念,加上一個人住克服生活中的困難也是幫我建立自信。這段路讓我大開眼界,累積經驗跟學習。如果一切太順利,反而得不到這些體驗。古希臘劇作家索福克勒斯的名言,總結我的一九九六年的生活,就是:There is no success without hardship.(沒有辛苦努力就不會成功。)

到了一九九七年另外一個實習,這次的挑戰更大。

學校當時第一次跟土耳其國家郵輪公司 Turkish Maritime Lines 合作,可以安排三十位學生到郵輪上實習。我一聽到這個消息,馬上提出申請。不過老師對我們說明,因為第一次的合作,無法掌握實習環境會如何,希望我們好好考慮!但我對於新的挑戰一點都沒有遲疑!我想要去嘗試這個新的工作環境,希望可以創造更多的機會,郵輪經常帶客人出國,也許這也是我第一次出國!

有一些同學覺得郵輪上工作不可靠,環境不怎麼樣,也有可能只在國內!有個同學跟我開玩笑地說:「你去看看,他們會讓你一整天釣魚!」我記得很清楚,我給他一個經典回答:「我會出國,而且等實習結束,我會給你看國外的照片!」

大部分的同學不想要申請這份工作，也有很多朋友本來申請了，後來又取消！但是我堅持，絕對不想要放棄。

　　實習開始，我就先被安排到國內線，而且是一個很舊的郵輪。第一次進郵輪時，它剛修理回來，四處都是油味，然後不是很乾淨，我真的傻眼了，我的決定真的是對的嗎？是不是我做一個不對的決定，報名了郵輪上實習呢？一些同學看到我們要睡覺的地方，差點哭了，床墊不乾淨，環境有點可怕。大家先去抗議，然後主管來跟我們溝通，他們答應大家盡快整理讓我們睡覺的地方。不過我們必須要先離開，出去外面走一走，晚點回來一切都會變好。

　　我們一邊抱怨一邊下船，去伊斯坦堡一些好玩的地方，我當時十七歲，很有活力。晚上回郵輪時，環境已經有整理好，雖然不是完美，但可以接受。其他同學還是抱怨，但我開始適應新的生活環境，整理床單、衣櫃。因為我的衣櫃不能上鎖，結果郵輪實習的最後一天，我的褲子竟然不見了！可能是其他學校的一位學生，我們中間有一點衝突，他偷了我的褲子離開郵輪。

　　我在郵輪上的實習工作，差不多有五個星期。主要是去黑海地區的城市，有時候黑海浪很大，常常暈船。但因為我的語言能力，餐廳的主管把我派到郵輪最前面的 Pub。這裡會播放音樂，氣氛不錯，來這裡消費的客人給的小費也很好。因為我主動、積

極正面的態度，加上英文能力，幫我創造不一樣的工作機會。

　　我知道你一定很好奇，到底我有沒有出國呢？放心，所有的困難之後一定會有一個好事情發生。我在郵輪工作一段時間後，被派到另外一艘船叫做「安卡拉」，這艘船的路線從土耳其愛琴海畔的城市伊茲密爾到義大利威尼斯。一趟來回需要六天，回程會在伊茲密爾國際海港過夜。

學英文創造新機會

　　小時候，我就一直很好奇出國是怎麼樣的感覺？一九九七年的夏天，我實現這個夢想，義大利變成我人生第一個旅行的國家。雖然我們在威尼斯海港無法待很久，但是至少可以玩六至八個小時。而且我們每一個星期來一次，每次都會去不同的地方探險。

　　在義大利的小旅行讓我發現國外的新文化，不但認識當地人，跟店家老闆聊天，學一些簡單的義大利語，這種文化交流幫助我獲得不少回憶跟經驗。我在台灣各地演講的時候，也會分享當年的回憶。因為我很希望鼓勵更多台灣年輕人培養國際觀，更有自信，好好學語言。我就是一個很好的例子。如果我英文不好，無法爭取在郵輪工作，同時也無法爭取到比較好的工作內

容。我的個性讓我很快被主管發現，我為自己創造新的機會。再加上珍惜每一份工作，好好表現，才能繼續發展。

　　十七歲的我，從郵輪實習結束回家，讓我更有成就感，心裡一直期待跟之前嘲笑我的同學見面，想要給他們看我在義大利的照片。回到家鄉，爸爸跟妹妹來接我，開了行李箱，裡面滿滿的禮物，我的口袋也存了一筆錢。我看到爸爸的眼神充滿對我的驕傲，妹妹也很開心地擁抱我。

　　回學校後，同學分享很多實習的故事，但是最精采的是我們一起在郵輪上工作的故事，而且還有很多精采的照片永遠可以紀念。一開始如果我放棄不去郵輪實習的話，可能有另外一個故事；但人生有時候需要一些風險，接受新的嘗試。幸好這一年我選擇去郵輪實習工作，雖然已經跟很多當年幫我的主管失去聯絡，但是我很感謝他們教我的每一件事！一九九七年，我很想你。

重點整理

★ 堅持下去，絕對不要放棄。

★ 主動、積極正面的態度，加上英文能力，可以創造不一樣的工作機會。

★ 培養國際觀，珍惜每一份工作，好好表現，才能繼續發展。

四個人生，
靠的是「自律」

現在，讓我們先好好學英文這個語言，
一步一步進步才能創造更明亮的未來。
So, if you are ready! Let's Begin.

🔊 成為人生的舵手

　　過去兩年無價的實習經驗，全然改變我的個性與世界觀。我不但更有自信，也變得更有想法，更重要的是，我懂得自律的重要性。很多孩子需要被父母引導，才知道想要做什麼。不過我到十八歲的時候，已經非常清楚知道自己未來可以做什麼，掌握自己人生的方向盤。爸爸知道我這個態度，也很支持兒子走想走的路。

　　「自律」是我在第一次實習後才開始慢慢養成的。之前聽爸爸的經驗跟對世界的想法，但是十五歲的我不太懂到底什麼是未來規劃？什麼是辛苦？什麼是進步？不過一九九六年的實習，讓我親眼看到生活的另外一面，而且很真實。如果沒有自律、沒有控制自己的生活，會很容易失敗。而且這個失敗不能看作是學習，因為已經無法自律，所以會一直失敗下去，最後只能接受其他人給我們的角色，而不是自己當主角。找的工作不會很好、收入不會高，同時無法提升自己的社會地位，事實就是如此。

　　我時常在這兩年裡跟爸爸聊天，告訴他我的想法，也願意接受爸爸的意見，我們的溝通同時也幫助我加強自律這個能力，爸爸很相信我，完全沒有懷疑我。過去我不清楚未來，也覺得未來是很久之後才會發生的事，為什麼需要緊張呢？但是實際上如

果沒有好好把握,就像很多台灣人說的,時間很快就會過去,自己就會變成輸家。到了第二次實習時,我已經非常清楚自己的下一步。我跟爸爸說:「我想要繼續往旅遊業發展,最大的原因是這個行業適合我的個性。我喜歡學語言,想要體驗不同國家的文化,而且喜歡跟世界各地的人交流。」

爸爸支持我的想法,他是一位給孩子自由的父親。爸爸也覺得認識世界,講不同語言一定會讓人把握更多機會,但是這方面的努力一定要越來越多才能達到目的。不過當時我身邊的一些同學不像我那麼幸運,他們的父母光是選大學跟科系都會干涉,甚至有人不想去念大學。

在土耳其十八歲準備大學考試,然後看看分數後來選想要念的科系,這點跟台灣很像。一年的時間準備為了一個考試,也許不是很公平,但我們教育制度是這樣,因此大學考試時一定要好好表現,否則要等一年再來挑戰。

📣 未來是自己的

英文給我很多工作機會,也發現語言教育很重要。我跟爸爸說想要多學德文,再升級自己的語言能力。我找到 Mersin University 有一個科系叫德文旅遊管理(Tourism Hotel Management in German

Language），剛好就在地中海旁邊的一個小鎮叫 Anamur。這個地方離家鄉還滿遠的，差不多有一千公里的距離。但我覺得距離不是問題，我只想要一個好學校給我最好的教育機會。我的一些朋友覺得 Anamur 很遠，又不是很大的城市，他們擔心我浪費時間。但我有自信，一個城市的大小不代表教育好還是不好，而是看那裡的老師跟學校的資源。

我覺得 Anamur 這個地方優點很多，地理位置好、離國際觀光區不遠，再加上天氣適中很適合去讀書，周圍的自然景致很豐富漂亮。我在準備大學考試的時候，一些親戚跟我建議可以去念教育相關的科系，將來可以當老師，或者去當公務員。但是這些工作對我來說，跟我的個性與未來規劃不同。我也建議讀者，你的人生、你的未來，你必須要自己負責，不要為了父母或者其他人，念書是為了自己，這樣才能成功。

爸爸常常說：「未來是你的，你要去讀想讀的科系，要記得好好利用它，不要浪費大學機會。」這是爸爸最大的優點，他不會干涉我的人生，他會幫我、給我建議，但最後決定權留給我。

六月舉辦的大學考試，我考上 Mersin University。過去的努力、認真的態度，再加上自律的力量，我創造新的機會給自己。接下來是把德文學好，然後找最好的工作。

📢 不努力就無法進步

　　從一九九八年到二〇〇一年是我在 Anamur 小鎮度過人生最美的時光之一。我認識很多很棒的同學、許多貼心的老師,我一邊享受大學生活,一邊在認真學德文。沒有錯,學校不大,但是老師們很用心教課。本來我會講一點點德文,但是在這裡更加強我的德文能力。當其他同學蹺課,或者不夠認真的時候,我只願意留在家好好練習德文。過去的經驗讓我很清楚知道,不努力就達不到任何一個好的目的地。學語言也是這樣,你要愛它、接受它、吸收它才能可以融入裡面。

　　到了二〇〇〇年暑假時,我做了一個決定,我跟爸爸說暑假不回家,我想要在地中海找工作賺錢。這個區域觀光客很多,我的德文跟英文一定會進步很快。爸爸鼓勵我自己面對新的生活環境。二十歲的我已經完全靠自己開始找工作,不會害怕,也很有自信,而且更重要的是我很主動。在隔壁的城市 Alanya 找工作時,我直接去飯店或者旅行社詢問,問他們需不需要夏天可以工作的員工。雖然很多地方拒絕我,那也沒關係,我還是繼續找。最後在一個德國的知名旅行社 Billa Reisen 找到工作。

　　當時我的德文不是很好,不過我很願意學習,老闆看我滿腔熱血就給我一個機會。

剛開始工作時，德文算還好，但是過了四個月後，連德國不同地區的口音都學起來了！一開始只去機場接送客人而已，後來跟著母語德文的人一起帶團旅行。最好玩的部分是服務觀光客之後，拿到不少小費！我一邊存錢，一邊培養語言能力。這個夏天，我第一次進入德國人的世界，認識很多德國人。每天開始講德文，德文進步非常快，每天有不同事情發生，很多新挑戰讓我進步，不只是語言能力，整個個性跟世界觀都有新的視野。夏天結束，開學後我跟爸爸說：「不用給我零用錢，我已經存好自己的零用錢了！」當一個父親看到自己兒子能獨立生活，還有賺錢能力，沒有什麼比這件事更欣慰了。

📢 我的「第四個」人生：中文

　　二○○一年我畢業的時候才二十一歲，英文與德文已經很流利，加上我有工作能力跟想法。但我想要再進步，我想起之前爸爸跟我說的：「一個語言一個人生，兩個語言兩個人生。」這句話改變我的人生。二十一歲我又決定再學一個新語言，當年我還不認識台灣，但是知道中文在這個世界上的力量越來越大，而且在土耳其講中文的人很少，我覺得這是一個新的世界，不同文化的探索。

　　我開始研究要去哪裡念中文，後來發現學中文最好的選擇是

去安卡拉大學念書，那裡的中文系有來自台灣的老師，系主任、所長等等都到台灣留學過。這是我第一次接觸台灣，後來發現安卡拉大學有台灣獎學金，提供讓土耳其學生到台灣留學。不過進入就讀之前，必須通過一年的語言學習與英文測試，所以我一定要好好準備才能考上中文系。二十一歲的秋天到夏天的過程不是很容易，我一邊在工業區幫忙爸爸照顧他的店，一邊準備大學考試。但是所有的努力跟辛苦的準備，在夏天帶來好消息，我順利考上安卡拉大學中文系。

在安卡拉，我開始融入中文這個語言裡面，也慢慢認識台灣。之前聽過台灣的名字，但是不太知道到底台灣是一個怎麼樣的地方？安卡拉大學的日子改變我的人生，原來台灣這塊土地有這麼豐富的文化。從中文到台語、客家話到原住民話，就是一個文化搖籃。

安卡拉大學我花四年的時間，暑假繼續在旅行社工作。完全不給爸爸壓力，自己的學費自己賺。由於我的德文能力，讓我進入 Gulet REISEN、TUI Touristik 是世界有名的旅行社工作。畢業之後，二〇〇六年我順利拿到台灣獎學金，到台灣留學。不過到台灣之後又是另外一個故事了。

現在，讓我們先好好學英文這個語言，一步一步進步才能創造更明亮的未來。So, if you are ready! Let's Begin.

重點整理

★ 如果沒有自律，無法控制自己的生活，會很容易失敗，而這種失敗不能看作是學習。

★ 認識世界，講不同語言一定會讓人把握更多機會，這方面的努力要越來越多才能達到目的。

★ 你的人生，你的未來，你必須要自己負責，不要為了父母或者其他人，念書是為了自己，這樣才能成功。

學習小叮嚀

語言是活的，學習也是活的

四國語言
自然切換的祕訣

學英文前,我想先跟你分享必須要知道的五個重點。
而這五點也是我學習四種外語主要的成功關鍵。

　　學語言是從工作到認識世界都能給我們很多新機會，尤其這個時代不可能不去學語言，尤其是英文。光在網路查詢資料都需要基本的英文能力，出國也需要用英文才能跟當地人溝通。學英文前，我想先跟你分享必須要知道的五個重點，而這五點也是我學習四種外語主要的成功關鍵。

💡 1. 我不怕出錯：

　　十六歲時我在飯店實習，外國觀光客每次問我，我很常說 I am worker here! 這樣聽起來怪怪的，後來有一位觀光客教我可以說：I am doing my internship here! 雖然之前他們都聽得懂，但不是很正確。所以我從錯誤中學到新的字。而且每天學一些新的單字或者新鮮的句子，最後實習結束，我的英文跟德文都變更流利。如果我一開始怕講錯，或者不敢跟外國人聊天的話我就無法進步。語言永遠是活的，要用才能進步，連母語也是一樣，要好好用不然就會退步。

💡 2. 我實際將語言運用在工作中：

　　十六歲在五星級國際飯店、豪華郵輪、奧地利及德國最大旅

行社當導遊。我每次說我在 TUI Touristik 工作過時很多人覺得很
cool。因為這個公司在歐洲很有名,尤其我是在土耳其南部地中
海區域當他們的導遊,實在是太強了。有時候一些朋友問我到底
怎麼進去這家公司?答案不難,只要語言能力夠好,個性活潑開
朗,很願意學習,好的工作機會就會出現。

🔅 3. 我用語言交朋友:

我有很多來自世界各地的朋友。十歲時在我們暑假住的房
子隔壁有一位來自英國的小朋友叫 Christopher。他是黑人,跟
我一樣差不多九、十歲。因為當時我還沒有開始學英文,所以無
法對話,不過每次我出去讓鄰居教我一些簡單的單字,我就叫
Christopher 出來跟我一起玩。每次學的單字,早上出門就大聲地
叫 Hey Christopher! Good morning my friend! Come, Come! Play,
Play! 這些話很簡單沒有錯!但是我的勇敢態度跟願意接觸外國
人才是最重要的關鍵。

🔅 4. 學語言要先從融入文化開始:

我十七歲第一次出國去義大利,當時我在郵輪實習。每一
個星期我們從土耳其出發三天到義大利威尼斯。一到威尼斯,我
馬上跟朋友下船去探險。而且我特地練習義大利文,可以跟在地

人買東西、殺價、聊天。我在義大利很願意吸收他們的文化，我很常問問題、主動去學，有時候在威尼斯迷路也沒關係。我覺得一切都是學習的一部分。英文有一句話：When in Rome, do as Romans do! 這個是我的生活態度。

💡 5. 我很認真練習：

學外語對我來說是一個興趣，我從來沒有把它當成考試用的道具。我記得十二、三歲很愛看英文童話書，很愛看包裝上的英文說明。到了大學，十八歲有時候在家裡，一天自己九個小時學語言都不會覺得無聊，我個人做的字典本，都會寫上每次讀的時間。現在看字典本上有許多時間紀錄，有時候竟然半夜一點！我醒過來就繼續學語言。這不是給我壓力，而是很多的快樂，所以我自己願意醒著，很喜歡學習過程。不過當然，我當時十八、十九歲體力更好，晚點睡覺也沒關係。不過現在我無法這麼晚睡！我建議你，把時間控制好，不一定像我一樣半夜學習。其實這個部分你要看自己最適合的時間。瘋狂地學習有時候帶來壞處，因此我建議你smart 學習，就是聰明地安排時間，好好學語言更有效。 但我現在看過去可以跟你說，當年的努力讓我實現許多好事，希望你也能這樣實現自己想要的夢想。

我用四個語言一起自然地切換，可以跟世界各地的人溝通。你也可以做得到，但前提是當然需要一段時間的練習跟努力。你們一開始不需要給自己壓力，把所有的複雜的字或者整個文法背起來。首先我們要做的是 Use the fundamental language skills and communicate with foreigners from all around the world。我要的是你先用基本的英文來表達自己，再來我們慢慢把程度拉高，一步一步學更多語言相關的資訊。

重點整理

建立你的信心

★ 我不怕出錯：語言永遠是活的，要用才能進步，連母語也一樣，要好好用不然就會退步。

★ 實際將語言運用在工作中：只要語言能力夠好，個性活潑開朗，很願意學習，好的工作機會就會出現。

★ 我用語言交朋友：單字、對話雖然簡單，但要勇敢接觸外國人大聲練習。

★ 學語言要先從融入文化開始：常問問題、主動去學。

★ 認真練習：一天自己練習九個小時都不會無聊。

不只是溝通，還要當朋友

我希望你也跟我一樣，
把語言放入生活中，不只表面聊天，
而是要更上一層樓變成外國人的朋友。

🔊 學習「解決問題」

全世界有七十億人口，但只有三點六億人是屬於英語母語的，不到百分之五。所以你不是只跟母語英文的人溝通，你要學的不是最完美的英文，你要學的是用最好的方式來講英文。

我爸爸曾說過：「每個人都是自己國家的大使（ambassador）。」

我在土耳其當過導遊，通常導遊這種工作可以接觸世界各地的人，所以對我來說學語言是生活的一部分。我也想要告訴你這個概念。而且我用語言不只跟外國人溝通，而是當他們的朋友。這個概念是你在外面任何一個語言學習都找不到的。我希望你也跟我一樣把語言放入生活中，用最擅長的語言來與世界各地的人交流，不只跟他們表面上聊天或者為了考試成績而已，還要更上一層樓變成外國人的朋友。

我要教你一件很重要的事，這個也是語言學習中很重要的一部分，那就是：Solving Problems。解決問題是我當導遊的時候很常遇到的一個現實狀況。來自世界各地的人都會遇到一些大小問題，我們必須要事先了解對方的問題，再來幫對方解決。

這個問題不一定是一個很嚴重的狀況，像是迷路、行李箱不見了、受傷等等！而且千萬不要擔心你英文的程度，因為英文很流利，有時候也不一定會解決問題。最重要的是講任何一

種語言，必須要有感情在裡面，我叫 emotive language 或者可以說 loaded language. It means talking with feelings control your tone and use your gestures to have better communication with foreigners.

最後我要教你的是「娛樂對方」，英文叫做 entertainment, fun, joy 都是語言的一部分。比如說語言裡面的一些用法也可以變成一個可愛的笑話。像是德國的科學家 Einstein 大家都知道。在德語裡 Einstein 是一個石頭的意思。Ein 英文的 one，Stein 是英文的 stone。因為我的德文流利到常常讓德國人驚訝，他們問我 Warum sprichst du so gut Deutsch?（你為什麼會講這麼好的德文？）我就回答，Kennst du Einstein?（你認識 Einstein 嗎？他是 Einstein, ich bin Zweistein! Zweistein 是雙倍 stones 的意思！這個時候，就是說我比 Einstein 更聰明。）

在對的時間點講這個笑話，非常好笑。語言也是這樣，有時候一個語言裡面的用法在另外一種語言裡會變成很有趣。這些都是學習語言時可以學的趣味，也是拉近不同文化的人的好方法。

我的英文課會輕輕鬆鬆地教你，我曾經遇到過的狀況跟豐富的經驗。不管你是剛開始學英文，或者已經有一個基本的程度都沒有問題。如果你好好跟著我的課，也願意吸收我分享的話，你的外語學習會越來越有趣。但是千萬不要忘記一件事，不管我教了多少，最後努力還是要靠自己，我教你方法跟祕訣，而你的努

力跟願意學習的力量才是最大的成功因素。

📢 講清楚比口音更重要

Speaking any language needs basic words and sentences. 以我的經驗，開始講外語的時候，一件事講得清楚最重要，而不是口音精準。口音這件事是跟著環境慢慢累積的。所以你講外語的時候，先要知道講清楚比口音還更重要。

所以如果你學英文，或者任何一個語言，第一件事就是把句子講清楚，讓對方聽得懂你的意思。

吳 鳳 來 示 範

Look at me! I don't use very complicated words to communicate with you! Why? Because I don't need them! All I need is to express myself and talk to you, understand you, communicate with you! And if I want I can make you smile too, I want to be friends with you!

（中譯 P. 186）

記得！講語言不要一直卡在口音或者背單字上！有時候一個小小簡單的玩笑，也是讓對方更接近你，所以我很想要將娛樂這件事融入在我的英文課裡面。像一些簡單的笑話，或者一些有趣的反應，都是語言學習中能幫助你跟世界接軌。

我的工作也常常需要與外國人溝通，而且是娛樂性的！像我是光頭！When I meet Americans, I tell them I am Vin Diesel（馮迪索）of Taiwan! They laugh, because it is funny! 我用光頭來切入美國人的生活裡面跟他們聊天，這樣更容易建立一個親切的關係。比方說，我上次訪問一個西班牙人一起拍片，然後拍的影片很受歡迎，很多媒體分享，結果我西班牙的朋友寄簡訊跟我說 Wow, you are so famous in Taiwan。我回答，I am Xavi（哈維）of Taiwan。因為 Xavi 是每一位西班牙人都認識的剛退休的足球員，世界有名的球星，所以對西班牙人來說這個很好笑。

你是台灣人，但是很多國家把台灣跟泰國分不清楚。下次你出國，有人如果以為你是泰國人，你可以說：In Thailand they ride elephants, in Taiwan we ride dragons! 你可以把中華文化的一些因素也連在一起，或者如果有人問你 Do you know Chinese Kung Fu? 你可以說：Bruce Lee was my student! 這類的。但是，請記得！不要隨便開玩笑，英文說 punchline！就是要抓對的時間點開玩笑才好笑，不然怕很冷或者得罪對方！

Language learning is not about loosing yourself in grammar or memorizing hundreds of words! It is about talking, talking without fear! Even I make mistakes! It is OK! Nobody is counting your mistakes!

（中譯P. 186）

講錯也沒關係，或者聽不懂也很正常！這些都是語言學習中常發生的事。I want to teach you the mentality of language learning and speaking！

五個步驟
鞏固學習地基

語言是溝通的工具！
準備好就不用怕講錯，
你可以再講一次，這不是世界末日。

·☼· Step1：了解語言的結構

　　不管你學哪一個語言，一定要知道語言的結構：structure 再加上文法。不然造句的時候會遇到困難。英文不像中文一樣文法那麼地簡單，德文跟法文的文法更複雜，土耳其話也是文法很複雜的一個語言。不過請放心，英文的文法大部分的台灣人都知道。所以我不想花太多時間在文法上。以我的語言學習的經驗來講，先把三、四個 tense 要學好！

This is point！

現在進行式　present continues tense

現在式　simple tense

過去式　past tense

未來式　future tense

如果你沒有掌握這四個 tense 的話遇到外國人就會有困難。基本上遇到的外國人不管是母語英文或者來自非母語英文的國家，一開始不太需要講很多複雜的話，許多英文跟其他語言的對話，從最簡單的句子開始。

Jack ：Good morning Penny how are you today?

Penny：Very good thank you, how about you?

Jack：Oh, I am very good because I am going to
　　　visit my best friend today.

Penny：That's great! (That's good! Awesome!
　　　 Cool! Perfect!)

Jack：Hope you enjoy your day. We talk later,
　　　I need to leave now.

Penny：No problem, see you later.

（中譯P. 186）

這是一個很簡單的句子，任何一個情況可以用。講英文不等於一定要講很複雜的句子或者一堆比喻，重點是跟對方溝通。沒有人要求你講很複雜或者很少人用的英文單字！我剛剛

用的 grammar 就是 simple tense 為主。還有一個很簡單的 future tense。畢竟很多台灣人也沒有去過母語英文的國家，所以講非常標準的英文需要時間，因此不用給自己壓力，你先把基礎打好算是很棒的開始。你也可以在家把這種簡單的字寫下來自己練習。不用背，好好練習，因為真的很好玩。

☀ Step2：大量閱讀

Reading means learning new words！SO YOU MUST READ A LOT！

學語言的第二個非常重要的階段就是 reading！因為開始閱讀的時候會遇到很多新的單字，會讓人慢慢吸收整個句子的意思，而且 reading 有許多不同的 levels！我記得剛開始學英文的時候，我很喜歡閱讀很多書，一開始閱讀許多簡單的故事書，後來慢慢開始讀難的故事才有辦法不斷地進步。而且每一個故事等於接觸新的單字。如果每天把閱讀變成一個固定的習慣，過了一段時間之後，你會發現你英文有很大的進步。今天如果你背一百個單字，差不多一個星期之後會忘光光，但是把閱讀變成固定每天必做的練習的話，過了一段時間後會發現你自然而然吸收許多單字，而且跟著句子一起學。

吳 鳳 來 示 範

This is My City,

Taipei is the capital city of Taiwan. There are 3 million people living in Taipei. The meaning of Taipei is：The North part of Taiwan. When you come to Taipei please don't forget to visit one of the tallest buildings in the world which we call Taipei 101. This building is taller than 500 meters and is a symbol of Taipei.

（中譯P. 186）

　　這個故事是我特別設計的，一點都不難而且教你很簡單地介紹台北。我相信你一定看得懂，代表你有基本的英文能力，而且你可以把我剛剛用的 tense 跟簡單的造句方式用在自己的英文對話中。你們把這個故事裡面的一些字改掉的話，完全可以簡單地講出關於你家鄉的英文故事。像是：

Tainan is the old capital of Taiwan. There are 2 million people living in Tainan. Tainan means South part of Taiwan. Tainan is famous for its history and food. If you visit Tainan don't forget to enjoy the delicious local food.

（中譯P. 186）

　　看到了嗎？一點都不難！很基本的文法，很簡單的字，可以發揮一個城市的生活。遇到外國人，光我剛剛講的基本句子也會讓他們簡單地認識你的國家。

　　你開始控制語言的時候，任何一個簡單的句子放在你的生活中就可以跟外國人溝通。所以一定要閱讀。任何一個喜歡的英文內容都可以讀，包含 newspapers，kid books，social media feed，packages 等等。連買的商品上有的英文字也是一個學英文的機會。Please don't forget reading is controlling the power of words! So READ! READ It～!! 如果你認真read it，最後一定會 beat it!

　　你有沒有發現？我剛寫beat it，其實也是英文裡面的一個小幽默。因為 beat it 是 Michael Jackson 很有名的一首歌，我把

read it 連到 beat it 就變成更有趣。母語英文，尤其是美國人更懂這種幽默，英文叫 playing with words，意思是用一些單字來創造娛樂效果。不難，只需要多觀察國外的文化而已。

💡 Step3：練習寫作

寫英文字跟簡單的句子也是語言學習中相當重要的一環。一開始寫的句子裡面，一定會有一些問題，但是如果不寫的話更難進步。所以可以試試看每天寫一寫簡單的故事，或者一個 mail，還是日記都可以。像寫日記是很好的練習。我們一起練習看看。

Today I woke up at 9 o'clock. It was a beautiful day, sun was bright and sky was blue. I had a great breakfast then went to park for fresh air.

又是很簡單的一句英文，這次用過去式 past tense。本來是 I wake up，過去式是 I woke up。這種變化的動詞一定要好好學，不然你以為所有的過去的要加 ed！像是 I am working（我正在工作），過去式變成 I worked （我工作了）。英文不一定每一個動詞都要加 ed，請把這些特殊的動詞學起來。

請記得每天花十至十五分鐘的時間寫英文，會改善你的學習能力，尤其是可以試試看以 Irregular verbs（不規則動詞）來造句更有效。不用擔心，寫的句子都很簡單，基本上剛開始學的

時候一定會先寫很簡單的句子，而且日常生活不需要很複雜的內容。我們不管講中文、台語、客語還是我的母語土耳其話，都有一樣的道理，許多簡單的字天天出現在我們的生活中，你也可以把這些句子每天練習寫下來，會幫助你的 writing skills。如果認真在進行這個練習，過了一段時間會發現你開始寫更難的句子。

⚡ Step4：大聲朗讀

接下來我們要一起把閱讀再加強，練習的時候要大聲地讀英文。這個方式很多英文老師都會推薦給大家。我也是不管學英文、德文或者中文的時候，很常用這個方式來練習。結果閱讀能力同時進步，還可以幫助我講外語的能力。不過這裡有一個要注意的地方，就是發音 pronunciation！會有口音很正常，但是不要發錯聲音。

Golden Windows

（Laura Elizabeth Howe Richards 1850 – 1943）

Little Molly lived in a small, beautiful town. Her tiny house is constructed on the banks of a beautiful river, near the mountain. She was the only daughter of her parents. Although they weren't very rich, they lived happily.

Her house was surrounded by huge trees and beautiful plants. It was a single bedded house, made of woods. Molly didn't like her house very much. She felt that the house was too small and not very neat. Little Molly was very fond of the mountain. The steep and sloppy mountain had a beautiful but abandoned castle-like home with golden windows.

（中譯P. 186）

英文有很多像 Golden Windows 一樣簡單的故事。 不管你去買故事書或者搜尋網路都可以幫助你的閱讀能力。Golden Windows 這個故事本來比較長，無法全部寫在書裡面，但是我想要讓你們知道什麼是 loud reading 概念。千萬不要卡在口音上，而是要好好念下去，重點是要講得清楚！也許你可以錄音，聽聽看你的發音。這是一個對學語言的人來說很好用的學習方式。如果你遇到外國人的話可以注意你的口音，有時候會遇到母語不是英文的外國人，但是他們講英文也很流利，你一定要注意他們的講話方式，用的單字跟句子。

This is point！

Reading practice is an amazing thing which will help to improve your English ability. If you practice any kind of English stories, after a while your English dialogues will a lot richer in terms of vocabulary.　　　　　　（中譯P. 186）

Step5：建立自己的專屬字典

　　我在學德文的時候德文老師跟我說，你可以做屬於自己的字典。這樣你會很清楚地知道你學到什麼！你把一些句子寫在你的

本子裡，每天閱讀的時候，遇到新的單字都記下來，過了一段時間之後，你會發現你會的字越來越多，而且因為你在記錄，所以你很清楚地知道你進步在哪裡！

我現在給你們看我的三本筆記，這裡面有很多單字跟無數的句子。不過這些本子不是一天內寫出來的，語言是一個長期的學習過程。所以要耐心地學，堅持到底才能看得到好結果。

我現在給你們看怎麼做自己的字典。這是我第一次在我的書裡面分享，所以請好好學，然後創作屬於自己的字典。

接下來我想要教你怎麼做一個好的字典。我們一樣用剛剛的故事。

假設，我不知道這些紅色的字的意思，就把它們寫在我的字典裡面，而且自己寫的時候可以加強語言學習的速度，因為按照很多研究，自己寫單字或者句子對語言學習是有幫助的。寫的時候為了要加強語言學習，還可以加一些句子一起寫。

Town：小鎮

例句：I grew up in a tiny town.

fond of：（be fond of doing something）喜歡做……

例句：I am very fond of fishing.

Tiny：很小

例句：My kitchen is so tiny.

Neat：整齊

例句：You always look neat and clean.

這樣一個一個寫，然後跟著句子一起學習的話，一段時間之後，這些單字跟句子會留在你的記憶裡面。不過一定要常常複習，最重要的是每次有講英文的機會時，不要怕就開始講，因為光閱讀，或者不斷地複習還不如跟外國人講話，講話是最好的練習。如果你真的怕講錯，可以說：I am not a native English speaker, so I may speak slower! 或者English is not my mother tongue; please excuse my mistakes. My English is not perfect yet! 基本上這些都是比較正式的狀況可以講，跟一般外國人聊的時候不需要太多解釋，他們不要求你講得很完美。重點是溝通，語言是一個溝通的工具！你好好準備就不用怕講錯。你們看看在台灣有多少個外國人，雖然中文不是那麼地標準，但是他們一點都不怕講錯。我希望你也培養一樣的講外語觀念。頂多對方說 I don't understand! Could you repeat that? 你就可以再講一次，這不是世界末日。

重點整理

★ 用學到的語言，學習解決問題。

★ 把學到的語言，試著講一個可愛的笑話。有時候一個小小簡單的開玩笑，讓對方更接近你。

★ 學任何語言，第一件事是把句子講清楚，讓對方聽懂你的意思。

★ 講錯也沒關係，因為聽不懂是很正常的。

★ 奠定實力的五步驟：1.了解語言的結構。2.大量閱讀。3.練習寫作。4.大聲朗讀。5.建立自己的專屬字典。

學習小叮嚀

讓我們先來一場 Small Talk

—— 當你遇到外國人的初階情境模擬

輕鬆製造話題

許多人跟我說不知道怎麼開口，
或者覺得有點尷尬，不知道以怎樣的方式先跟外國人講話，
所以接下來我要教你一些 small talk。

📢 情境1：初次見面

許多台灣人遇到外國人的時候，怕講英文或者不知道第一句要說什麼？其實這不是一個大問題。 Actually whenever you meet a foreigner first of all you need to do is engage in a conversation without any fear. If you know the basic skills of talking in English, you can easily talk with anyone from all around the world.

基本上你在台灣遇到的外國人不是只有美國人而已，世界各地的外國人生活在台灣，所以請不要以為每一個外國人都是美國人。像我很常遇到來自非洲的人，他們的母語也不是英文，但是我們開開心心地聊。重點是要知道怎麼聊？

首先，你永遠不知道什麼狀況會遇到外國人，所以很難預測將來發生的事。不過通常遇到外國人的時候，可以講一些基本的對話，如：

Hi, I am Rifat.

I live in Taipei. Where are you from?

I never saw you before, you must be new here?

（中譯P. 186）

你發現外國人在找一個東西或者需要幫忙的樣子：

Excuse me sir!

Sorry Ma'am!（對年長女性的尊稱）

Excuse me miss!

What are you looking for?

Do you need any help?

What can I do for you?

　　或者你之前看到一個外國人，但是從來沒有跟他聊。這種狀況的時候可以主動跟對方聊一些基本的話：Hi, I saw you here before but we have never spoken!

　　你可以繼續進一步聊：Do you live near here?

　　這些話很簡單，讓外國人也願意跟你開始簡單地聊天。

遇到新的朋友：

Rifat： Hey, good morning. I am Rifat, I saw you here

　　　　yesterday and want to say hi to you.

Pedro： Good morning. I am Pedro, nice to meet you.

　　　　Yeah, I moved here recently.

Rifat： That's nice. This area is very popular in Taipei.

　　　　Where are you from?

Pedro： I am from Spain. You?

Rifat： I am from Türkiye[*] but have been living in

　　　　Taiwan for 16 years. What are you doing

　　　　in Taipei?

Pedro： I am working for an insurance company, you?

Rifat： I am an entertainer. Doing tv and internet shows.

Pedro： That sounds cool! Anyway I have to rush

　　　　now. We talk later.

Rifat： No problem. Nice to meet you.

　　　　See you later.

（中譯P. 186）

＊2022年土耳其將官方名稱由Turkey改為Türkiye。

我想要把這個對話稍微分析一下。

首先，我對新朋友主動問問題。簡單地了解他的背景才可以繼續聊下去。我沒有用很多複雜的句子也不需要怕講錯，可以慢慢講也OK。只要清楚地說出基本的句子，就可以進行一個很基本的對話，一點都不難。

情境2：Introducing yourself and your country

我之前在一個大學演講，最後問現場的同學，誰可以用英文向我介紹台灣一分鐘，結果那麼多人裡面只有一個學生舉手。我猜其他同學的英文基本上應該也沒問題，只是他們怕講英文或者怕講錯。其實我也沒有要求用最完美的英文來介紹台灣，我只是想要知道年輕人有沒有辦法勇敢站起來，簡簡單單地把台灣介紹給我。

介紹自己跟介紹自己生活的國家都是最基本的，因為隨時隨地需要。尤其是去申請新工作，很需要好好介紹自己給老闆，出國有人問你 Could you tell me more about Taiwan? 你不能說 Sorry，這兩個內容很需要好好吸收，才是一個語言學習最開始的步驟，不能缺席。我到現在遇到過無數的外國人，很常問我土耳其相關的問題。如果我當時沒有好好練習的話，也沒辦法跟外國人介紹

自己的家鄉，就很可惜了！

　　所以我特地設計這個單元想要教你怎麼用最簡單的方式介紹自己跟台灣。而且我要用一些常用的英文字來幫你加強詞彙，這樣不管你去哪裡就不用怕跟外國人聊天了。

首先情緒要穩定，保持自信的口氣，要講清楚。

Hello, My name is Rifat.

Very nice to meet you. I am Doctor Karlova.

It's a pleasure to see you. I'm...

Let me introduce myself. I'm Mr Chen.

I'd like to introduce myself. I'm Mr Brown.

介紹朋友給別人——

Tom, I'd like to introduce you to Jane.

Tom, please meet Jane.

Tom, I'd like you to meet Jane.

Tom, have you met Jane?

Tom, let me introduce you to Jane.

Tom, this is Jane. Jane, this is Tom.

我們先看看一個很簡單的自我介紹方式：

My name is Paul. I am 30 years old. I come from Lisbon, Portugal. I am a lawyer. I am currently living in Taichung. I like painting and the arts. I am married with 2 kids, one boy and one girl. I love the temples of Taiwan. I want to learn Chinese language* but it is a bit hard. My favorite food is beef noodle soup.

（中譯P. 187）

這種自我介紹是一句一句進行的。年齡，來自哪裡，幾歲，興趣跟家庭資訊簡單地分享就很夠。

接下來我們要看看比較難一點的自我介紹：

Hello I am Raj, I come from India. I am in the first semester of my senior year studying

＊Chinese也可以說Mandarin，但歐美人多說：I speak Chinese.

political science at National Taiwan Normal University. I'd like to tell you a little bit about my background, interests, achievement and goals.

I was born in Delhi, I spent my childhood there and then moved to Taiwan. I have been living in Taiwan for 10 years. I speak fluent Hindi, Chinese and English. My everyday activities include doing research for my studies, playing basketbal and reading books about Taiwan history.

Besides my studies, I am working as an interpreter for a trade company which is located in Taipei city. Working and studying is a challenging task but I feel happy about my life.

My goal is finishing school with flying colors and become an expert in Asian studies.

（中譯P. 187）

講英文或者任何一個外語，很需要知道怎麼介紹自己的國家，通常很多外國人不太知道台灣，所以你很快被問：Taiwan? Can you tell me more about your country?

　　這種狀況下要做的是在比較短的時間內，把台灣介紹給對方。通常跟一開始認識的外國人，用兩分鐘內介紹台灣很足夠。不過，當然要看你想要從哪一個角度切入介紹台灣這個主題。先看比較簡單的介紹方式給你參考。

介紹台灣

Taiwan is an island country in East Asia. Taiwan's total land area is about 36,000 square kilometers. Our country has a population of 23 million. Taiwan is a very mountainous country and Yushan mountain is the tallest mountain which is 3952 meters tall. The climate of Taiwan is subtropical, summer time is hot and humid, winters are short and mild, and snow does fall just in the mountains. Taiwan is a famous for her mixed Chinese and indigenous culture, unique food and technology. Many electronic products are made in Taiwan especially computers and LED. In Taiwan we speak Chinese language.

（中譯P. 187）

　　這是一個很簡單但是非常清楚的台灣介紹。台灣在哪裡，人口、氣候、簡單的地形跟文化背景都在裡面。

📢 情境3：天氣

　　我知道台灣人的英文基礎沒有問題，但是許多人跟我說不知道怎麼開口，或者覺得有點尷尬，不太知道以怎麼樣的方式先跟外國人講話。所以接下來我想要教你一些 small talk。意思就是很簡單的對話，像天氣、家庭、運動、電影等等，這種small talk 讓你可以常跟外國人製造聊天話題。

吳 鳳 來 補 充

天氣總是一個開口講英文的機會，也可以問外國人關於他們家鄉的氣候，這是個很容易開口的英文對話的方式。

How do you feel about Taiwan's weather?

Do you think Taiwan is too hot?

How about your country? Is it very humid like Taiwan?

Kind of chilly this morning, isn't it?

你看這些一點都不難，而且隨時可以用。如果你讓對方知道你的好奇感，他也更願意跟你聊下去。如果你英文很好，但是冷冷的態度基本上對方也不太想要聊，所以有時候態度比英文能力還更重要。如果你遇到的外國人住在台灣，可以問 What about your country？或者直接說 I want to learn more about your country's climate。外國人通常會很願意交流，你問他的國家，他也一定很想要認識你的家鄉。尤其是台灣這塊土地對很多外國人來說很神奇，我保證他們都想要多認識台灣。

情境4：週末

週末是一個開口講英文的好主題。畢竟大家喜歡weekend，在週末可以做很多活動、去旅行等等，所以週末結束之後一定會有許多故事可以講。

How did you spend the weekend?

Did you do anything special on the weekend?

How was your weekend?

Where were you last week?

※這些都是過去式，所以回答這種問題的時候要用過去式（past tense）。

問題：How was your weekend?

回答1：My weekend was awesome. I went surfing with friends.

回答2：I was at home resting, was a bit sick but I feel good now.

如果想要邀請外國朋友跟你週末一起出去的話可以直接問：

Do you have any plans for the weekend? Would you like to join us on the weekend?

 情境5：問路

接下來我們看看很常發生的另外一個狀況：問路！

問路這個狀況很有趣，因為你永遠不知道對方問你哪個地

方，而且許多地名有特殊的名字，一定要知道才能聽得懂。不過，放心！這不是那麼地難！我們一起練習看看。

吳 鳳 來 示 範

Luca（Italy）：Excuse me. Could you help me please?

Rifat：Yes sure！What do you need?

Luca：I want to go to Taipei 101（I need to get to Taipei 101）

Rifat：It is very easy. Follow this street for 200 meters. There you will see the MRT sign on the right. Please take the blue line and get off in Taipei City hall station.
Once you get out of the MRT you will see the highest building which is Taipei 101.

Luca：Thank you. What about taking a taxi?

Rifat：Sure you can. Taxis in Taipei are very safe and not that expensive. It takes 10 minutes from here to get to Taipei 101.

Luca：Ok I got it～Thanks again～

Rifat：You are welcome. Have a nice day.

（中譯P.187）

問路必須要需要詞彙，才能更清楚地介紹方向，所以這部分還是需要知道基本的方向，像是：

This is point !

Go straight ahead　直走

Turn back/Go back　回頭 / 往回走

Turn left/right　左轉 / 右轉

Go along... 沿著……

Cross the street... 跨過這條街……

Take the first/second road on the left/right　選擇左邊 / 右邊的第一條 / 第二條路

It's on the left/right　就在左邊 / 右邊

The best way is to... 最好的路徑就是……

　　我想要強調，問路或者講一個地標的時候，最重要的是你必須要知道地標的英文說法，不然很難解釋。因為中文跟英文最大的不同，就是地標跟品牌等等名字都念得不一樣。像中文我們說麥當勞，不過全世界說 McDonalds。或者中文我們說國

父紀念館，但是英文是 Sun Yat Sen Memorial Hall。孫逸仙 Sun Yat Sen，全世界幾乎每一種語言都是念 Sun Yat Sen，但是中文的地名完完全全不一樣。所以如果這種特別名字的英文，一定要認識，才能有基本英文對話能力。

剛剛的狀況你必須要知道 Taipei 101 的英文，否則你不懂到底外國人想要去哪裡。所以地標的英文是一個非常基礎又很容易學的一件事。接下來你必須要知道 directions. Turn right, turn left, go straight 等等！非常地簡單。你要做的是把這些放在對的 order 裡面就可以了。而且請記得：英文沒有一個固定的問路方式，很難預測對方的問路的方式，所以要心理準備。How can I get to ...? Where is the...? Is there are...around here？Where is ...?

再來要知道 transportation 的英文用法。MRT 是中文的用法但是外國人說 METRO 或者 Subway，不過在英國他們用 Underground 或者 The Tube。

最後我想要跟你分享一個真實的故事。

十三歲的時候我在爸爸的店，他當時在賣機油。我跟爸爸在店裡面看店時，突然出現兩個美國人來我們店買機油。這個是我的小鎮很少出現的狀況。看看我怎麼處理？

American：Hey, What's up? We are working for the
         natural gas company and your friend told
         us come here to buy engine oil.

Me：Hi, welcome to Türkiye. I can help you. Which
    kind of oil are you looking for?

American：Do you have Mobil?

Me：Yes we have, we also have BP and Castrol.

American：That's great. Give us 10, 16 liter drums
         of Mobil.

（中譯P. 187）

　　我當天在爸爸眼前很自信地處理這個狀況，賺美國人的錢。結果我爸爸覺得很驕傲，他馬上跟我說：今天不管你想要什麼，我都買！！

　　這個日子，我永遠不會忘記，對我人生跟學習態度影響很深刻，而且是很正面的影響。不過我想要分析一下這個故事的英文對話，讓你更懂英文句子的架構跟邏輯。

　　首先呢，遇到外國人的時候要知道對方要什麼？我在爸爸

的店，遇到的狀況是非常需要專業的單字，不然無法溝通。像BP英國石油、Castrol 嘉實多等等，都是在我爸爸的店裡必須要知道的專業單字。

那些專業的單字都是機油的品牌跟一些名字。不過十三歲的我怎麼會知道這些呢？其實答案很簡單，我剛剛不是說，學英文都很需要看書嗎？因為我很喜歡看英文書跟許多英文相關的資料所以我會接觸許多新的單字。連機油包裝也是可以當很實用的英文資源，所有東西的包裝上都寫許多使用方法的句子。如果你天天看不同包裝等於每天學新的單字，所以這領域的專業字也被我在生活中學到，而且完全因為自己的興趣而學，不是死背，如果死背的話，那一天我無法跟美國人溝通。十三歲的我做得到的話，你也一定可以做得更好。

日常就是
最好的練習

其實英文的文法不難，

唯一要做的是把對的字放在對的地方。

情境6：Go to travel together

　　英文有一句話：Friends that travel together, stay together. 台灣人很愛旅行，外國人也是！不管在台灣旅行或在國外讓外國人帶路，基本上英文用法是不會有太大的變化，只是地名，或一些專業名詞替換而已。所以如果你把一些主要的英文句子學起來的話，跟外國人旅行會相當有趣。在這個單元裡面我想要提供給你比較多跟台灣旅行相關的英文單字。

吳 鳳 來 補 充

首先可以問外國人：

Would you like to join me to travel to North Coast of Taiwan?

Do you want to see the North coast of Taiwan?

The North coast of Taiwan is so beautiful, if you want we can

go there together!

這些問題都是一樣的意思，看你怎麼問都可以。

或者更friendly：

Let's go to the North coast of Taiwan!

(中譯P. 188)

When you talk about North coast of Taiwan, you have to know the main spots and how to say them in English.

For example：

- Yehliu Geopark （野柳地質公園）

- North Coast National Scenic Area（北海岸國家風景區）

- Laomei green reef（老梅綠石槽）

- Elephant Trunk Rock（象鼻岩），或者強調北部的一些地名的話，Jiufen Old Street（九份老街）

- Shifen Waterfall（十分大瀑布）

- Golden Waterfall （黃金瀑布）

介紹Yehliu Geopark：（野柳地質公園）

Yehliu Geopark is one of the most famous geological wonders of Taiwan. This natural wonder was formed by thousands of years of weathering and erosion. Actually Yehliu reminds me of Türkiye's Cappadocia region!

（中譯P. 188）

請記得，有時候講英文的時候，你看到一個東西讓你想到自己家鄉的話，也可以把它拉進來對話裡面。像我剛剛把野柳公園跟土耳其的卡帕多奇亞連在一起。比如說你在國外旅行，看到很美的海洋可以說：

This place looks like my home town. 或者 This ocean reminds me of Taiwan, because in Taiwan we have so many beautiful bays and capes like in your country.

像在野柳公園旅行的時候，也要知道這種特殊的地形還有一些特殊地點，已經有自己的名字像是「Queen's Head」（女王頭）。

我們先看看一個旅行的對話：

Rifat：This is our most famous geological park along the North Coast of Taiwan.

Alex：It is amazing, looks like another planet.

Rifat：This place is a gift of nature, all these rocks need thousands of years to form. Look, this rock is called Queen's Head because it looks like Queen Elizabeth the 1. However because of erosion it may collapse soon.

Alex：Nature gives then takes back. I never thought Taiwan has such a beautiful place. Thanks for bringing me here.

Rifat：Don't forget to introduce your friends, Taiwan has many more natural surprises which await your discovery.

Alex：Definitely, I will! Thanks again for bringing me here to enjoy such an interesting travel experience.

（中譯P. 188）

情境7：Shopping and food

又到了在一個外語學習中，很常需要跟對方聊天的議題，shopping 跟 food。這兩個話題本來有無限的發揮空間。尤其是 food 這個話題，可以講好幾個小時也講不完。

如果把美食變成對話的起點，可以從最簡單的一句：

吳 鳳 來 補 充

基礎：

What do you want to eat?

進階：

Do you know? Food is an art for most of the Taiwanese. Once you start to learn about the culinary art of Taiwan, you will realize this is a place of mixture and diversity.

（中譯P. 188）

　　其實英文的文法不難，唯一要做的是把對的字放在對的地方。如果選簡單的字，聽起來 beginner，但是如果開始把比較特別的字，連在一起的話，你的語言也開始比較像 intermediate or advanced。

　　比如說：This food is delicious! 這個是很簡單的一句話。或者如果想要讓你的英文聽起來更強的話，可以把這句用比較難的一些字跟用法加強，比如說： I love how flavorful this meat is with all the fresh herbs in it, especially cumin（孜然粉）。

　　基本上你用的字跟造句的長度代表你的英文能力。你

永遠可以說 This food is delicious 或者開始用新的單字比如說：juicy、rich flavor、spicy、divine、tempting、heavenly、appetizing……

我給你一個小小的建議，跟外國人講話的時候，可以慢慢練習用不同的形容詞來表達你的意思，不要一直用同一個字。再加上如果想要介紹給他們台灣的美食文化，那這方面的字彙一定要加強。像是 beef noddles（牛肉麵）、soup dumplings（湯餃）、minced pork rice（滷肉飯）、oyster omelet（蚵仔煎）、stinky tofu（臭豆腐）、bubble tea（珍珠奶茶）、shaved ice（剉冰）、pineapple cake（鳳梨酥）等等。

shopping 相關的對話比較簡單，因為通常這方面的聊天以個人的興趣為主。不過 shopping 有一個有趣的地方，就是 bargain（殺價），不過請記得，每一個國家有不同殺價的文化，有的國家基本上都沒有，像德國跟日本價格幾乎都是固定的。但是如果在泰國、土耳其、義大利等等國家旅行的話，殺價是很合理的。

買東西時的句子：

Is that your best price?

Is that your final price?

Can you lower the price?

That's a bit expensive. How about $...?

Is there any discount?

Can I get a discount?

　　這些問題都是直接跟老闆要求給你比較好的價格，或者你可以說：How about ×××? 自己給出一個價錢，這個也是英文裡很常用的一句。

我們先看看一個對話：

Salesclerk：Hi, Welcome. How can I help you?

Rifat：I want to buy sport shoes.

Salesclerk：What is your budget? How much do you want to spend?

Rifat： About 50 dollars.

Salesclerk：What size do you wear?

Rifat：10.5 US size or 43 European size.

Salesclerk：Here you go. These are new series of sport shoes pretty popular nowadays and price is not over your budget. 43 dollars.

Rifat：I like them. 43 is your final price?

Salesclerk：Sorry, we do not provide extra discount, these are already 10% off!

Rifat：I see. Ok I will take them. （中譯P. 188）

我剛剛用的話一樣不難，其實這種狀況下要說的話幾乎都固定的，只是看看對方的用法或者一些口音。如果聽清楚，也願意跟對方交流的話，其實在 shopping 當中英文不是一個大問題。

　　我在這邊想給你們一些句子，以後可以用在 shopping 對話裡面：

This is point！

Money is tight for me right now!
我錢不多。

If you accept my offer we can close the deal now!
如果接受我的offer 就可以成交了。

Thank you for your offer. I need to sleep on it.
謝謝你的offer，我要想一下。

OK！You got the deal!
好了，我接受你的offer！

This second hand car is in mint condition!
這台二手車狀況還是很好。

學習小叮嚀

友情更進一步

—— 和任何外國人都聊得來的學習法

講笑話學習法

在台灣我認識很多來自各國的人，
每一個國家的幽默感跟笑點不一樣，
但我是很常用他們國家的特色來聊天。

　　基本上用英文開玩笑這件事是非常複雜的一個內容，因為每個人的幽默感跟個性不一樣。但是我個人的經驗，讓你至少了解怎麼跟不同國家的人開心地聊天，有時候也可以開個玩笑。

　　像是我很常用一個幽默的邏輯，把外國人國家的人或者地名搬到台灣。比如說，上次跟一個美國人聊天的時候，我跟他說我住在大安 DC！他就笑了，因為美國有 Washington DC！所以美國人直接連結到自己家鄉的地方。或者如果我遇到喜歡打籃球的美國人我會說萬華 Pistons！因為美國有 Detroit Pistons。不過請記得，這些笑話不能直接講，必須要先聊一段時間更有用。不然你直接說萬華 Pistons，對方不會懂。所有的笑話要有一個過程跟對的時間點。

　　我提出這個學習方法，也是我很常用的笑話學習法。比如說，一樣遇到美國人，我有時候說我是台灣的 Vin Diesel。因為自己是光頭，這種比較也是帶來笑容跟歡樂。其實中文語言裡面也有一樣的笑話，我是「鳳」迪索，我故意用鳳這個字，台灣人覺得很幽默，講英文的邏輯也是一樣的。

　　如果你想要用台灣的一些特色來講笑話的話，也會滿有趣。比如說，很多外國人怕臭豆腐的味道。如果外國人跟你說：Wow, the smell of tofu is so bad! 你可以說：In Taiwan we say the more it stinks the better the taste! 或者你說：This is a perfume for me. 這種比喻在任何語言都很好用。或者如果外國人問你一些台灣喝酒文化的問題，你可以說：

Gaoliang is our national alcoholic drink, if you drink a couple of glasses you will speak fluent Chinese or even Taiwanese.

（中譯P. 188）

這個笑話我在當導遊的時候很常用。土耳其的國酒是 Raki，很烈的一種酒。我跟觀光客說：

If you drink one glass, you can't sleep, if you drink two glasses your wife cannot sleep. If you drink more, then your neighbours can't sleep.

（中譯P. 188）

他們都笑，因為這種笑話告訴他們烈酒有多強，要慢慢喝。
在台灣我認識很多來自各國的人，每一個國家的幽默感跟

笑點不一樣，但是我很常用他們國家的特色來聊天。比如說，我在台灣遇到象牙海岸的朋友，我假裝自己是非洲的舞者，簡單地跳舞給他看，他覺得好好笑。

上次我去新竹遇到過烏干達來的表演者。因為那一天天氣很冷，剛好是寒流。他們根本不習慣，他們跟我說：Wow Taiwan is so cold now! 我回答：This is a piece of cake for me, because in Türkiye it snows! 這種笑話是剛好適合當下的氣氛。因為你永遠不知道接下來會發生怎麼樣的趣事，所以如果英文能力夠好的話，可以跟全世界的人做朋友。不過當然個性也很重要，如果你很害羞，或者怕跟外國人聊天的話，那就很難用幽默的方式在你的對話中。

我建議讀者可以先學幾個笑話，到時候可以用。我之前當德文導遊的時候學了好幾個笑話，有時候在巴士上可以講給觀光客聽讓他們開心，而且每次學一個新笑話也是加強我的語言能力。

吳 鳳 來 示 範

cold jokes（冷笑話）：

Why won't the elephant use the computer?

He's afraid of the mouse!

What kind of snack do you have during a scary movie?

I scream (ice cream).

What is a knight's favorite fish?... Swordfish.

（中譯P.188）

　　講笑話的時候請記得不要用宗教、政治、膚色等等敏感的話題來玩，除非你很清楚對方不介意。其實開心地講一些笑話，總是把交流變成更有深度。

重點整理

★ 每個人的幽默感與個性不一樣，試著把國家的人或者地名用來開心聊天。

★ 先學幾個笑話，每一次講笑話等於也是加強自己的語言能力。

★ 切忌用宗教、政治、膚色等敏感話題來開玩笑。

共鳴點學習法

每次遇到一個新的外國人，先找到共鳴點，
才能讓對方也願意聊天。

Looking for common points with a new foreigner

　　以我在台灣的經驗跟觀察，許多台灣人遇到外國人的時候，不太知道怎麼開口，或者怕找不到可以講的話題，就會比較尷尬，結果外國人也無法跟台灣人馬上開始交流。其實這是很容易可以解決的小問題，像我每次遇到一個新的外國人，我先找一個共鳴點，才能讓對方也願意跟我聊天。

　　比方說，我喜歡運動，像足球。如果我遇到歐洲人的話，先問他從哪裡來的？因為足球在歐洲相當受歡迎，許多男生喜歡看足球，有一些人平常也踢球，所以我用足球切入對話之中。但是這方面的聊天需要許多專業名詞，像聯盟的名字、足球員的名字、一些過去的比賽等等。因為想要讓你更容易理解我的意思，接下來以我曾經真實遇到的情況來示範如何找出對話的共同點。

Rifat：Hi, my name is Rifat from Türkiye, and you?

Dominic：Hi, I am Dominic from UK*.

Rifat：Wow, it is cool. I love to watch Premier League, do you?

＊UK由 England（英格蘭）、Scotland（蘇格蘭）、Wales（威爾斯）及 Northern Ireland（北愛爾蘭）組成，所以也會有人說：I am from England / Scotland / Wales / Northern Ireland.

Dominic：Yes man, I am a Manchester United fan!

Rifat：This year you have a very strong team and may beat

City. I hope you beat them!

Dominic：They are way to strong but yeah we have a nice team.

Especially Bruno Fernandes! He is a beast!

（中譯P. 188）

　　對足球沒有興趣的人，我猜聽不懂我們在聊什麼，但是這種聊天的內容在歐洲人世界很常見。而且我們當天從足球開始聊天，慢慢聊到旅行、生活、來台灣留學等等。我把足球當成一個開口的話題而已。不過放心，除了足球之外，還有許多可以聊的內容，像是旅行這個主題也很容易變成一個共鳴點。比方說遇到土耳其人的時候，可以問他們 Hot Air balloons in Cappadocia（卡帕多奇亞）、Pamukkale（棉堡）、Istanbul（伊斯坦堡）、Hagia Sophia（聖索非亞）、Medeterrian Sea（地中海）、Aegean Sea（愛琴海）等等。或者遇到非洲人的話可以聊非洲的動物，然後慢慢把話題拉到台灣，你也可以分享台灣的生態等等。如果英文程度不是很好的話也沒關係，可以用簡單的句子也 OK。

Rifat：Where are you from?

William：I am from Alaska.

Rifat：Wow, I heard many things about Alaska

and watched so many documentaries.

Alaska has amazing nature.

William：Oh yeah! It is very beautiful but also wild and dangerous.

We have to be careful when going out into nature.

Rifat：What are the most famous Alaskan animals?

William：We have brown bears, grizzly bears, moose, wolves

and more!

Rifat：It sounds like living in an amazing habitat like Taiwan.

We also have bears we call them Formosan black bears

or Taiwan black bears. Besides, we have leopard cat

（石虎）, monkeys, wild boar…

William：You are also lucky to live in such a beautiful land.

（中譯P. 189）

像我剛剛的對話模式從大自然開始切入到台灣。跟外國人進行這樣的一個對話，很有趣又帶來許多資訊，而且用的句子架構也很簡單，只是要知道一些專業名詞就可以了。比如說想要跟外國人聊音樂的時候，必須要知道許多團名、歌手的名字等等。像：Maroon 5、Coldplay、Red Hot Chilli Peppers。或者想要聊 arts 那就要準備更多專業名詞像：Louvre Museum、abstract、gig、hit、catchy、melody、lyrics、timeless、classic、tasteful 等等。

　　這些專業的英文單字其實閱讀相關資料的時候，就會自然地吸收。所以閱讀的練習，是你必做的功課之一，不然詞彙無法加強。如果今天突然背一堆單字，過一個星期就會忘光光了。從簡單的句子跟基本的單字開始，每天練習的話，一段時間之後，新的英文單字就變成你生活的一部分。

　　如果聽不懂對方的話也沒關係，可以跟外國人說：

I missed that sorry.

I didn't catch that.

I didn't get that.

Sorry I didn't hear you.

Sorry what did you just say?

或者可以說：

Could you say that again?

Could you repeat that again please?

　　我再提醒你一次，沒有人要求你用你的英文或者任何一個外語拿來作秀。好好地、開心地跟外國人聊天就會發現外語的力量，不懂的地方可以問也沒關係。每次一個真實對話的機會就是最好的語言學習方式。

找出自己的
特色學習法

學語言最難的部分，就是跟外國人深入聊天。
但是，找出自己的特色，
準備好，你不會是一個無聊的人。

Talking about cross culture and history

　　我覺得講外語最難的部分就是分享文化跟歷史的資訊。因為這個內容除了需要許多單字、專業名詞之外，還需要了解歷史文化。關於歷史文化相關的句子，我建議先要好好吸收這個領域的基本資料，再慢慢開始練習。而且講歷史文化的時候，也記得不要得罪對方，所以有時候 please try to avoid cultural conflicts。

　　關於 culture 跟 history 我想要提供給你一些 keywords，跟可以用的英文句子。

　　我們先看看一些 keywords：

This is point !

Language（語言）	belief（信仰）
religion（宗教）	rituals（儀式）
value（價值觀）	Cultural diversity（多元文化）
Indigenous（本土的）	aboriginal（原始的）
unique customs（獨特的習俗）	cuisine（美食）
civilization（文明）	ethics（種族）
local culture（本土文化）	cultural crossroads（文化的十字路口）
customs（習俗）	minority（少數民俗）

我們先看看哪些問題可以問外國人，或者用那些句子來聊歷史文化：

What is the most interesting thing about your culture? 你的文化中最有趣的是什麼？
What do you like about your culture? 你喜歡你文化中的什麼？
What may surprise foreigners about your culture? 你的文化中什麼會讓外國人感到驚訝？
What is considered impolite in your country? 在你的國家中什麼會被視為不禮貌？
What do you know about Taiwan's culture? 你知道什麼台灣文化嗎？

如果你想要跟外國人聊天，但是不太了解他們文化的時候，其實可以直接用：My knowledge about your culture is very limited. Would you like to share more about your country's culture? 或者我在台灣遇到一些從來沒有見過的國家的人，我最喜歡問：I have never met a person from... could you tell me about your country and culture?

其實這種問題讓對方也很開心，因為你表現出對他國家的興趣，所以他很願意跟你分享。我想你出國的時候，如果有人問你：I heard Taiwan but don't know much about it, how do you describe your culture? 你應該會很開心。所以為了要回答這個問題，你也需要做功課把台灣的大概介紹好好練習，到時候才能分享出去。

Taiwan Culture introduction（intermediate）

Taiwan is an island nation at the crossroads of Northeast and Southeast Asia. Our island has a very long history of Colonization. In the 16th century, increasing numbers of fishermen from Mainland China began settling in Taiwan. The island was subsequently ruled by the Portuguse, Dutch, Spanish, Chinese, and Japanese. Today's Taiwan you can see the traces of all these cultures.

In Taiwan many Taiwanese practice or have beliefs that combine aspects of Buddhism（佛教）, Confucianism（儒家思想）, Taoism（道教）, and folk religions（民間信仰）. In every corner of Taiwan you can find beautiful temples. The Official language of Taiwan is mandarin and the nation consists of Minnan（閩南人）, Hakka（客家人）and severeal Aboriginal people（先住民）. However, Taiwan has also more than seven hundered thousand foreigners who come from neighbouring countries such as Indonesia , Malaysia and Mainland China for work or marriage.

（中譯P. 189）

Understanding geography and ecosystem

　　學語言最難的部分就是用比較難的字跟外國人深入地聊天。通常這種對話很需要字彙，跟對相關主題的了解。其實英文文法比其他外語簡單多了，像德文跟法文的文法很難，所以用這兩個語言聊深入的主題比英文難多了。如果你的英文文法基本沒有問題的話，其實比較容易適應有難度的對話。但是主要的功課一定要做好，像是閱讀、看英文影片、多跟外國人聊天。而且記得要跟世界各地的外國人接觸，不只美國人而已！如果你什麼都不做，只看書來學英文的話，只有在考試的時候會成功，但是實際上無法跟外國人溝通。外面的英文跟書上學的常常有變化。

　　我們先慢慢開始看不同主題的 advanced 對話，讓你更懂什

麼是深度的對話。

　　比如說你有一位外國朋友，他們問你關於台灣地理跟環境的問題，如果你直接說：Taiwan is beautiful and we have an amazing nature，對方當然聽得懂，很清楚也是很簡單的一句話。但是你想要把這句話變得更豐富，再增加多一些深度的話，那就要加一些新的單字。像是：Taiwan is a land which Portuguese sailors discovered 500 years ago and remains a realm of striking highlands and dense forests.

　　我們還沒有開始練習 advanced 英文之前，我想要給你更多 advanced vs. basic English 句子，這樣你會更懂中間的差別。
You are very kind.

You have a heart of gold.

It's time to sleep.

It's time to hit the hay.

I am angry.

I am pissed off!

Can I come tomorrow?

Can I drop by tomorrow?

接下來我要用比較多有難度的英文單字來進行一個對話。

Lucas：I have always wondered how Taiwan became one of the most valuable land for foreign powers during the history.

Rifat：It is because of geological importance of Taiwan and hernatural resources. Such as gold, copper, coal and forestry.

Lucas：Taiwan has gold?

Rifat：Yes, Taiwan has gold and you know. During the Japanese colonization of Taiwan especiallly in Northern Taiwan Japanese built many mines to excract tones of gold.
If you come to Taiwan. I recommend you go visit the touristic spot The Jinguashi Mine.

Lucas：I didn't know that!

Rifat：Actually Taiwan's most important natural resource is forests. In Japanese colonial period most forestry products were being shipped back to Japan.

Lucas：I can tell, Taiwan has so many forests, look at those

mountains! They are all green.

Rifat：Taiwan has the most rugged territory compared to it is

size. And you know? There are more than 250 peaks in

Taiwan over 3000 meters.

Lucas：That's awesome! So what is the highest point in Taiwan?

Rifat：The highest peak of Taiwan is Mount Jade which is near

4000 meters. Most of the high peaks are located along

the Central Mountain Range, which runs 270 km from

north to south.

Lucas：I am sure the Wild is breathtaking in those areas.

Rifat：It is for sure. If you like hiking, you can enjoy numberless

of mountain trails in Taiwan. Those mountains are the

home of the Formosan Black Bear, the Formosan Sika

Deer, the Formosan Rock Macaque and more.

（中譯P. 189）

我剛剛的對話不是很難，只是因為用一些特別的字跟專業名字就變成更有難度。比如說用 beginner level English 可以說：Taiwan has so many mouintains. 想要 intermediate level 的話可以說：Taiwan is a mountainous island. 或者再難一點，可以說：Taiwan is a mountainous island of which mountains account for 30% of the total area.

　　這些句子都是差不多一樣的意思，只是不同的一些字讓你的英文變成更有程度。如果你的詞彙很豐富，可以加新的單字，讓句子更有深度跟變化。不過如果你覺得詞彙還不夠豐富的話，先用簡單的句子也可以，因為沒有一個外國人逼你一定要用很複雜的句子。因為外語是一個溝通的工具，而不是作秀給對方看你的英文多厲害！

重點整理

★ 如果和外國人聊天，但是不太了解對方的文化時，可以直接詢問，對方一定也會很開心。

★ 準備台灣的歷史文化故事，遇到外國人就可以好好說明練習。

★ 讓你的詞彙更豐富，讓句子更有深度與變化，但記住，外語只是溝通工具，不是讓你作秀。

「你是你的
國家大使」
學習法

You are the ambassador of your country!
請不要忘記，你是你國家的大使。

Discussing global prospective ex: Taiwan strait

外國人最常問台灣人的問題之一是兩岸關係,或者問台灣國際上的狀況。而且在國外許多人還不知道泰國跟台灣的差別。所以你一定要有基本英文資訊,才有辦法把台灣介紹給更多人認識。

首先我們從比較簡單的對話開始:

Taiwan is not Thailand!

Max：Hey, where are you from?

Rifat：I am from Taiwan.

Max：Oh , I know your country, you have so many elephants!

Rifat：Sorry but I think you made a mistake. 或者可以說 Sorry but I think you mixed the countries! I am coming from Taiwan not Thailand.

Max：Oh, my bad! Sorry about that.

Rifat：Thailand is in Southeast Asia and neighboring countries of Thailand are Laos, Cambodia, Myanmar and Malaysia. However Taiwan's official name is Republic of China, is an island country in Far East Asia. Taiwan is in the southeast part of People Republic of China, south of Japan and north of Philippines.

Max：I got confused.

Rifat：It is ok, I can tell you more about Taiwan. Thailand and Taiwan are totally different countries like Spain and Germany. In Taiwan we speak Mandarin but Thailand they have the Thai language. Taiwan is one of the world's most rich countries. Our capital city is Taipei. We have black bears, many different animals but no elephants. Hope you have a chance to visit Taiwan one day, I am sure you will fall in love with our land. We welcome you.

（中譯P.189）

　　剛剛的對話簡單而又親切。如果你不知道怎麼把台灣跟泰國的差別介紹給外國人的話，他們永遠會以為台灣是泰國。連我的家鄉土耳其也有很多人問我一樣的問題，所以我每次都仔細介紹。這方面的練習你一定要做好，因為在國外留學或者旅行的時候一定會遇到這個狀況，所以先要好好準備，到時候可以自信地推廣台灣。我爸爸曾經說：You are the ambassador of your country! 請不要忘記這句話，你是你國家的大使！

　　跟外國人對話中也有一個主題很容易出現，就是兩岸關係，英文叫 Cross-Strait relations。我知道這是一個敏感的主題，但是學外語不要忽略這方面的資訊。基本上深入地聊兩岸關係不簡單，因為畢竟有關政治再加上也有歷史上的衝突。我們先一起看怎麼樣的句子適合用在解釋兩岸關係。

外國人也許會問你：

What is the political status of Taiwan?

或者問：What is your opinion about Taiwan and China relations? 也許可以問：What do you think about Cross Strait relations?

你可以用的句子：

I think Taiwan and China have 2 separate governments.

Taiwan is a sovereign state and our official name is Republic of China.

I hope China and Taiwan solves problems in a peaceful way.

Taiwan has its own parliament, constitution and military.

Besides, we select our own presidents by elections. In Taiwan we have freedom of speech, human rights and democracy. Taiwan has many differences from China, for example in Taiwan we still use old traditional Chinese characters not simplified Chinese. We have our currency which is called the New Taiwan Dollar, NT.

（中譯P. 190）

如果遇到兩岸關係或者這方面的話題，其實也可以分享台灣的人情味跟許多優點。我覺得這方面的字彙也是很讓你的英文對話很加分。

Taiwan has some of the friendliest people in the world, We warmly welcome foreigners. Our tolerance to different cultures is really deep. We are a multi cultural country which consists of many different ethnic groups.

Taiwan is a land full of hospitality towards all cultures and religions. We have a friendly society.

（中譯P.190）

如果不想要聊政治也可以跟外國人說：Sorry but I don't like to talk about politics. 或者你可以說：It is not right time to talk about politics, maybe next time.

品牌介紹
學習法

許多外國人不知道台灣的企業，
像是 Giant、Asus、Acer、Gogoro 等等
都很國際的台灣品牌。

Introducing technology and production

　　我覺得跟外國人聊天最開心的主題之一是科技跟企業，尤其藉由知名的企業來介紹或認識國家是一個很好的方式。

Alex：I heard many things about Taiwan's technology.

　　　　Does Taiwan really have such advanced high Tech?

Rifat：Yes it does, Taiwan is one of the most important

　　　　technology hubs in Asia.

Alex：What is the reason behind Taiwan's success?

Rifat：It is mainly because of innovation and know how.

　　　　Taiwan's information technology (IT) and electronics

　　　　sector has been responsible for a vast supply of products

　　　　since the 1980s.

Alex：This is really a very interesting issue which I didn't know

　　　　before.

Rifat：Taiwan is considered one of the 4 Asian tigers which

　　　　indicates economic and technological power.

Alex：This is huge power compared to Taiwan's small size.

Rifat：Size doesn't mean we can't produce many things. In Taiwan there are 1.4 million small to medium-sized enterprises.

Alex：It sounds like Taiwan has big potential.

Rifat：Yes, for sure. Many internationally renowned companies, and even more international-level capital, talent, and technology companies, are bullish about Taiwan, and coming to Taiwan and increasing their investment.

Alex：Thank you for your very valuable information, I really appreciate your efforts.

Rifat：You are welcome, I am very glad you enjoyed our chat. I suggest you read Taiwan miracle related articles, this will definetely help you learn many more things about Taiwan.

Alex：Thanks, I will! That was a very good chance to chat. We catch up later.

Rifat：No problem, see you. （中譯P. 190）

這個對話的例子不是很複雜，但是對話中提到許多重要的點，清楚地讓對方簡單地知道台灣的經濟背景。接下來我想要教你怎麼介紹台灣的品牌或者特殊的企業。因為許多外國人不太知道台灣的企業，像是 Giant、Asus、Acer、Gogoro 等等都很國際的台灣品牌，但是在國外很多人不知道這些品牌是台灣的。

Helmut：In Germany we have huge enterprises as you know.

Rifat：Yeah I know, especially the automotive industry, it is very huge in Germany.

Helmut：Oh yeah! Even some small scale companies have very big revenues. What about Taiwan? Do you have international companies?

Rifat：Yes we have a lot! And I am sure you have heard of them already!

Helmut：Really? Which ones?

Rifat：Taiwan is one of the most technological nations in the world. We are the leader of the global semiconductor industry, Asus, Acer, Gigabyte, MediaTek are all from Taiwan.

Helmut：That's amazing, you know, my computer is Asus!

Rifat：I said you already know of our companies.

We also produce the worlds best bicycles. Giant is the biggest bicycle manufacturer of the world. That's why Taiwan is called one of the four Asian Tigers.

Helmut：What is that? Do you produce dragons too?

Rifat：No but we produce things like dragons, speacial and unique. The Four Asian Tiger refers to 4 big economies of Asia. Especially during the years between 1960-1990 these economies flourished.

Helmut：Wow, I learned a lot from you. Didn't know Taiwan's economy was so strong compared to its size.

Rifat：In Taiwan we say size doesn't matter, it is all about function!

Helmut：Well said buddy! You are really funny.

（中譯P.190）

重點整理

★ 外國人最常問台灣人的問題之一是兩岸關係,或台灣國際上的狀況。有基本的英文資訊才有辦法把台灣介紹給更多人認識。

★ 台灣的科技和企業也是與外國人聊天很好的話題之一。

★ 藉由知名的企業來介紹或認識國家是很好學英文的方式。

熱門新聞
學習法

請不要因為要講疫情而背很多單字。

我建議你，每天至少二十分鐘看疫情相關的英文新聞。

如COVID19，Green energy

2020年開始疫情影響整個地球，也因為如此，疫情相關的新聞一天比一天多。因為台灣的防疫表現比許多國家好，所以台灣也很常上國際媒體變成新聞。疫情的內容的確是比較複雜，所以英文媒體上報導台灣的新聞也有很多沒聽過的字或者一些專業名詞。

 吳鳳來示範

David：How is the pandemic situation in your county?

Rifat：Taiwan had amazing success against pandemic at the beginning. However after 1 years of success it is impossible to control the situation and Taiwan started to have covid cases.

David：This is definetely impossible to control！But I still think Taiwan did her best.

Rifat：Indeed. Our health workers and the government handled the crisis very well at the beginning. We didn't lockdown the cities or even close the schools while the world was going through pandemic crisis.

David：Wow, sounds amazing! How did they manage it?

Rifat：Actually this is all about the precuations Taiwan took before the virus spread. Such as border restrictions espeacially in airports, rules of quarantine and the hard work of our health workers.

David：I wish all other countries had done the same.

Rifat：Indeed, however nobody expected the virus would be that dangerous. Some countries underestimated the situation and didin't act fast enough. So the virus got out of control in Europe and the USA.

David：This very sad but I think things are getting better now.

Rifat：I hope vaccination works for the world and we all take care of our health. This is going to be a long battle but we will win at the end.

David：I wish the same thing.

Rifat：What about your country?

David：Unfortunately we are not as lucky as Taiwan. We lost more thousands of people since the outbreak began.

Rifat：Sad to hear that.

（中譯P.191）

　　如果想要跟外國人聊疫情相關的話題，先問對方家人的狀況是最好的開口方式。

吳鳳來補充

Is your family safe?

How is your country 's situation?

Did your country controlled the virus?

或者你可以先開口：

I heard in news... 我聽新聞說……

One my friends told me... 一個朋友跟我說……

　　這種關心對方的句子都是開始對話的好方式。疫情的對話會還滿豐富，但是關鍵就是你的詞彙，請不要因為要講疫情而背很多單字。我建議你，每天至少二十分鐘看疫情相關的英文新聞。過了一段時間之後，你會發現許多曾經不知道的字已經學起來了。看新聞的時候記得稍微大聲地念，也同時練習你的閱讀速度跟發音。

　　我們先看看這幾年全球很流行的另外一個議題就是：green energy 或者 renewable energy。

　　跟所有其他新聞跟國際議題一樣，綠能也需要一些豐富的詞彙。像是：solar energy、nuclear energy、hydro electricity

等等。而且如果跟外國人聊這方面的內容也盡力要了解回收 recycle 等等相關的英文字。

因為我們很難預測對方會使用的詞彙，所以有時候一個不知道的字會造成我們聽不懂對方講什麼。比如說你知道 green energy 的用法，就是綠能，但是遇到外國人很好奇地問你：What is Taiwan's sustainable energy policy? 有可能你聽不懂。也許可以猜得出來對方的意思，所以學英文的時候最好盡量把一個單字的同義字也學好。除了 green energy 綠能，還有 clean energy、low-carbon energy 或者 alternative energy。全部都是差不多一樣的意思，只是看你要用哪一個。

比如說你遇到一位來自冰島的人，那就必須要知道 geothermal energy 跟 hydro power。而且你們可以把英文當作接收資訊的工具。如果你天天看國際英文新聞就很快對世界各國有一個基本的了解，到時候遇到外國人的時候更容易跟他們聊天。

我們看看 green energy 相關的問題可以問什麼。

This is point !

What renewables does your country use?
你們國家使用哪些可再生能源？

What do you know about solar power?

你對太陽能了解多少？

Do you think we should continue to use nuclear energy?

你認為我們應該繼續使用核能嗎？

What things are adding to climate change?

哪些因素加劇了氣候變化？

  吳 鳳 來 示 範

Rifat：Do you think South Africa is an eco-friendly

country?

Jim：Our nation is pretty aware of renewable energy

and still investing for a greener future.

Rifat：What are your energy sources?

Jim：We use coal a lot and I don't think it is good for the air

quality. 69% percent of our energy supply comes from

coal! What about Taiwan?

Rifat：We also use coal to produce energy but not as much as

your country. I think 30% of our energy comes from coal.

Jim：Do you have nuclear power?

Rifat：Yes, we have 3 nuclear reactors in Taiwan. What about your country?

Jim：We have only one nuclear power station which contributes about 3% to our total energy supply.

Rifat：I think our countries have to invest more in green energy such as sunlight, wind power, biomass and more.

Jim：Yeah, both Taiwan and South Africa receive huge amounts of solar and wind energy.

Rifat：I agree with you. Our countries have great potential to develop renewable energy. But we need to use these resources as much as we can.　（中譯P.191）

　　講英文的時候，尤其是一些專業的議題，有時候外國人的名字也有可能變成一個 keywords。如歐巴馬、布萊德‧彼特等等，這些以聲調來理解的外國人的名字，聽起來很容易聽得懂，但是有些名字就要培養固定看國際新聞才能理解。像是 Elon Musk（伊隆‧馬斯克）、Copernicus（哥白尼）、Socrates（蘇格拉底）等等。

重點整理

★ 全球疫情是與外國人談話內容中最熱門的新聞，可以先從關懷對方的問話開始。

★ 每天看至少二十分鐘疫情相關新聞，過了一段時間之後，你會發現許多不知道的單字已經學起來了。

★ 培養固定看國際新聞的習慣。

學習小叮嚀

不要繞遠路！
避開學英文的常見錯誤

學英文最常
犯的8個盲點

找出學習的錯誤，減少不必要的錯誤，
讓你的英文進步得更快。

學每一種語言都會犯一些錯誤，但有錯誤才有學習！重點是先找出這些錯誤，然後修正。比如說我剛開始學中文時，不太知道「改天」這兩個字的用途，我很常說：其他的天見面！我知道聽起來奇怪，但是當時我完全不知道，後來台灣的老師糾正，我才開始使用「改天」。

這個章節，我想要分享給你們，學英文時候很常發生的錯誤。希望整理這些資訊會幫助你，減少不必要的錯誤，讓你英文進步得更快。

Watch/ Look/ See

這三個英文單字在英文中很常出現，但是用的時候很需要注意，不然很容易用在錯的地方。我們先分析一下這三個單字，首先看看 Watch。

Watch:

意思是很專心看一件事，像是在動的東西，比如說 watching TV。我們在 TV 上在看動的畫面，或者 I am watching beautiful rain.（我在看美麗的雨）其實這裡的

watch 有一種欣賞的意思，不能說 I am looking the rain！聽起來，怪怪的。請記得，要用watch 的時候，你必須要花一段時間在watching 這個動作上，意思是要花時間，要注意看的意思。

Look:

意思是要往一個固定的方向看！比如說，Look at this car.（看這台車子），或者你可以說 My sister looks towards to train because she wants to know if it is the right train. 在這個句子裡，是我妹妹往火車的方向看的意思，其實不難，只是要習慣而已。要用look 的時候，你要有一個在看的原因。

See:

看見的意思，比如說 I see you.（我現在看著你），或者過去式的話可以說 I saw you.（我看過你）。

還有一個意思是：明白。如果你說 I see就是我懂了、我明白的意思。不過當然要對的時候。像是一個人跟你解釋一件事，你就可以說：I see！

吳 鳳 來 補 充

我們來看一些範例：

I looked at the houses in the distance.

My wife looked at me and smiled.

Look! It is a huge Gorilla.

Why is she looking at you like that?

以下是一些簡單的例子，會更懂see 的用途。

I see old people walking everyday at the park.

He saw me last week.

I saw a very expensive car today.

　　其實 Watch/ Look / See 一點都不難，練習幾次就很快可以運用在生活中。

 Your vs. You're

其實這兩個字一點都不難分別。Your 的意思是「你的」，You're的意思「是你」。說的時候或者寫英文字的時候，稍微注意就很快習慣。像是 Your attitude is not good.（你的態度不是很好。）

You're

You're my best friend.

You're my idol!

I think you're the perfect match for the scholarship.

Make sure you're safe and healthy.

Your

Your make up looks great today!

I wish I had your energy.

I think you need to change your diet.

Don't waste your time on such a boring job.

🔊 Adverbs vs. Adjectives

也許很少人知道，但是連母語英文的人也有時候搞錯。因為文法是另外一個世界，母語不等於你的文法一定是對的，像是土耳其話的文法我也很常搞錯。尤其是生活語言，很多人不在乎文法，但是我們還是要學正確的用法比較好。

Adverbs 的意思是副詞，Adjectives 是形容詞。通常多看書的人更容易知道這兩個中間的差別。

如果在句子裡面想要知道哪個是形容詞的話，要問三個問題：

Which one?

What kind of?

How many?

這些問題的答案，都讓你發現句子裡面的形容詞。比如說：

I brought a new watch.（我帶了一只新手錶。）

What kind of watch?（怎麼樣的手錶？新手錶。）

或者看看這個句子：

I slept on my old bed.（我睡在舊的床上。）

Which bed?（哪一個床？old bed。）

請記得一件事：形容詞通常用來修飾人事物，可以用來修飾「名詞」和「代名詞」，透過形容詞的描述，能讓描述的對象更

具有區別性，像你說「一顆芒果」，跟「一顆很大的芒果」，就明顯能讓人感受出差別。

ADJ.

good、real、hard、quick、most、slow、bored、fantastic、dangerous、fresh、proud、tasty、terrible等等。

ADV.

busily、briefly、certainly、clearly、always、seldom、rarely、fortunately、silently、closely等等。

我給你一些副詞跟形容詞，在句子裡面看就很快懂了。

Taiwanese people are friendly. (adj)

They had a disagreement in a friendly way. (adv)

> The kids were lovely. (adj)
>
> He decorated his office in a lovely way. (adv)
>
> Those students are silly. (adj)
>
> Her boss spoke in a silly manner. (adv)

　　我建議你可以把這些副詞跟形容詞列出來，然後每天複習。但請不要背，每天十分鐘也好，固定練習一定會有幫助。基本上跟外國人聊天的時候，沒有人問你哪一個是副詞哪一個是形容詞，這些通常只在考試的時候需要，不過你最好了解差別，因為還是有很多幫助的。

Assure vs. Ensure vs. Insure

　　我猜很多人分不清楚這三個字，因為這幾個字發音很像，學英文的時候常常被搞混。其實我剛開始學英文的時候也是傻傻分不清楚。不過，請放心，我們一個一個看就很快能了解差別跟用途。

I assure you, we will get to the meeting on time.

（我保證你一定會準時到開會。）

I need to study more to ensure I get the scholarship

from Harvard University.

（為了要確保哈佛大學的獎學金，我必須要更認真讀書。）

My wife said we have to insure our apartment against theft.

（我老婆說，我們必須要買保險避免小偷進去房子裡。）

 Wordiness

　　Wordiness 的意思是為了要講一點的事，用一堆不必要的單字或者一直把句子拉長。如果一個句子有很多不需要的單字，英文叫做 wordy。我在學中文的時候，老師跟大家說一句話對我的影響很深刻。老師說學語言像是功夫一樣，如果一個拳夠的話，那就打一個。為什麼需要打一堆拳，浪費自己的體力呢？我覺得這個實在是太有道理。我們講英文的目的是溝通，而不是炫耀，重點是把自己想要說的事清清楚楚地告訴對方。我們來看一些句子就會懂 wordiness/wordy 的意思跟正確的用法。

I will return your books in the near future.

　　in the near future 基本上是多餘的，不需要用。如果想要簡單講的話最好要說 I will return your books soon.

In my opinion, the culture of Taiwan is very fascinating.

比如說這句話也可以簡單地講，像是 I think culture of Taiwan is very fascinating。

其實加很多不必要的單字讓人累，而且對方也不想要聽。有時候你會遇到一些英文不是很好的外國人，這種狀況下如果你用複雜的句子架構，或者一些罕見的單字，對方反而聽不懂你的意思。

如果避免 wordiness 的話，下面的英文資訊可以參考。不過除了我提供的句子之外，還有很多其他相關的資訊。這個部分你必須要自己做功課，尤其是想要加強 writing skills 的話，我建議多練習，也一定要觀摩其他人的作品，才能進步。

This is point !

Due to the fact that = Because

In the region of = About，around

In the process of = During，while

In the light of the fact = Considering

In all cases = Always

The majority of = Most

Prior to = Before

At the point in time = Then

Period of 10 years = 10 years

During the course of = During

New discovery = Discovery

Regardless of the fact that = Although

At the present time = Currently

He is of the opinion that = He thinks that

 Wrong Word Usage

在英文有很多單字,不少人常常用錯,其實最大的原因是發音很像。在這個章節,我選幾個比較簡單的單字,有的單字發音真的很像,有的是我們很常遇到。如果你有看書的習慣,基本上不太會搞錯這些單字,所以一直強調多看書。也許你遇到外國人的機會不多,但是不可能找不到英文書吧?每天二十至三十分鐘不算很長,但是絕對能幫你加強英文的能力。

我們先看看:

Affect vs. Effect

Affect 是動詞，Effect 是名詞。Affect 是影響一件事，Effect 是一件事的結果。

The typhoon affected citizens within forty kilometers of Hualian city. （颱風影響了花蓮市 40 公里範圍內的人民。）

The medicine will affect your muscles for at least 30 minutes. （該藥將影響您的肌肉至少 30 分鐘。）

Climate change affects every aspects of our lives. （氣候變化影響著我們各方面的生活。）

The heavy rain had big effect on traffic in Taipei city. （大雨對台北市的交通造成很大影響。）

Smoking has negative effects on our body. （吸煙對我們的身體有負面影響。）

Covid-19 has many negative effects on global economy. （Covid-19 對全球經濟有許多負面影響。）

我覺得這兩個單字雖然很像，但其實很簡單。

Incorrect 是錯的意思！或者英文叫wrong。

Correct 是正確的意思。而且 correct 也有動詞的用途。

The captain corrected the course of the ship.（船長修正了船的航向。）

It's rude to correct your teacher.（糾正你的老師是不禮貌的。）

My laptop crashed because of incorrect software programming.

（由於不正確的軟體程式，我的筆記型電腦壞掉了。）

She gave an incorrect answer to a very easy question about Taiwan.

（她對一個關於台灣非常簡單的問題給出了錯誤的答案。）

Fewer vs. Less

小時候我學英文讓我煩惱的一件事也是Fewer 跟Less。我記得當時很常搞錯意思。Fewer 跟 Less 分別是 few 和 little 的比較級，意思接近，都是「較少」，但兩個字使用的時機不一樣，因為 fewer 是形容詞，less 是副詞。Fewer 是可以數得量的時候用，less 是沒辦法數的狀況下。

Fewer and fewer people can live without social media

nowadays。（現在沒有社交媒體的人越來越少。）

Tom has been at this job for less than 6 weeks.

（Tom做這個工作不到6個禮拜。）

I drink less milk than my elder sister.（我喝的牛奶比我姊姊少。）

Number vs. Amount

這兩個單字最簡單的解釋是，number 是我們可以數的
東西，amount 是告訴我們多少量，像是水或者一個力
量等等。

Number

The number of people required to perform at our first concert

is too high!（我們的第一個演唱會需要表演的人數很多）

The new shopping mall has a larger number of toilets than the old one.（新商場的廁所數量比舊商場多。）

Only a small number of people passed the Math exam.

（只有少數人通過了數學考試。）

上面的句子都用 number，可以注意看，每次用 number 的時候，都是可以數的量，像是人數跟考試成績。

Amount

The amount of rain that fell this year in Taiwan is really too much!（今年台灣的雨量實在是太大了！）

I always try to pay regular amount of many to people in need.

（我總是努力定期捐款向給有需要的人。）

She put a small amount of chocolate on her toast.

（她在吐司上放了少量巧克力。）

這些句子裡面的東西都無法一個一個算數量，所以這種狀況下要用 amount。

Among vs. Between

Among的中文意思是指「在……之間」，然後
Between的意思也是一樣。但是不少人將兩個字搞混。
我覺得這兩個字的用法很簡單，看幾個句子就很快懂，
完全不需要擔心。

His dad is building a new house between Taipei and
Xinzhu.

Our office is between the park and the school.

很簡單吧？都是告訴我們兩個東西之間的地點，有
一個明確的位置！

Among比較不一樣，通常告訴我們一個東西大概在
哪裡，尤其是比較裡面的這種狀況。比如說，among the
trees! 在樹林裡，不會知道正確的地點，但是知道在樹
林裡面。再給你一個例子：The news was spread among
the people! 這句也是告訴我們新聞在人群中傳來傳去。
一樣沒有一個固定的位置。最後一個例子：I found a
very old watch among a lot of old clothes.

我無法一個單字一個單字寫出所有的wrong usage。

但是我希望提供給你這方面的基礎資訊。畢竟這本書的目的不是教你英文文法，而是鼓勵你用我的方式跟經驗來加強語言能力。不過我還是在這本書裡面多增加內容，在語言學習中可能遇到的問題來幫助你。未來的練習跟努力也是你要自己進行才能達到目的。

Into vs. In To

　　這兩個單字也非常像，很多學英文的人也常常搞錯。其實最簡單的解釋是into等於進去的意思。寫文章的時候更需要注意，in to 是 in 跟 to 兩個分開的單字。比如說，in order to 意思是「為了」，如果用in order to 的地方也可以用 in to。也許一開始會覺得有點複雜，但是用了幾次，看了更多例子後會知道差別。

我在這裡分享的例子，都是告訴我們一個方向，從外面到進去裡面的意思，也可以說是一個動作的變化。

吳 鳳 來 補 充

Into:

I jumped into the pool.

（我跳進去游泳池裡。）

Please put the cat into her carrier so we can go see the vet.

（請把貓放進她的籠子裡，這樣我們就可以去看獸醫了。）

The brave firefighter ran into the burning factory.

（勇敢的消防員跑進了燃燒的工廠。）

My 2 years old daughter crawled into her mother's lap.

（我 2 歲的女兒爬到媽媽的腿上。）

如果你在寫文章，in to 是告訴我們一個句子裡面的不同動作。「in」這個詞是謂詞的一部分，通常是表示動作發生地點的副詞或作為短語動詞的一部分。

In to:

Is it okay to drop in to say hello?

（可以進去打個招呼嗎？）

I can not log in to my FB account!

（我沒辦法登入FB 的帳號。）

上面的兩個句子都是要注意 drop in 跟 log in。因為這裡的重點在這兩個英文字上。drop in 有拜訪的意思，方便的話可以來看看的意思。比如說 Please drop in to our office if you're ever in Taipei. 如果來台北的話請來看我們。log in 是登入的意思。其實跟 into 有很明顯的差別。如果還想要更多例子的話，我來分享幾個可以比較的句子。

The bird flew into our house.

（鳥飛進去我們的房子裡。）

The bird flew in to roost for the night.

（鳥為了要過夜，就飛進去裡面。）

◀ Capitalization

Capitalization 是大寫的意思。中文沒有這個規則,所以開始學英文的台灣朋友會遇到大寫相關的問題。像是我的土耳其名字叫 Rifat,不能寫 rifat。或者要寫台灣的話,一樣要用大寫 Taiwan, 而不是 taiwan。這個不是很難懂,但是非常重要的英文規則,尤其是寫 mail 或者文章等等比較專業的內容,一定要注意你有沒有大寫主要的英文單字。

This is point!

一個句子的第一個字

I love you mom.

My name is Wufeng.

___

人名、 稱謂 、頭銜、商標、地標等

Rifat Karlova、Sun Yat Sen、President Joe Biden、Asus、

Taipei Zoo、Sun Moon Lake、Ms. Chen、Doctor Wu

地理名稱

千萬不要寫america或者türkiye！正確的寫法是America、Türkiye、Nanjing East Road等等。

如果需要學一些景點的名字，也要注意大寫規則。像是 Everest Mountain、Keelung Harbor、Buckingham Palace

---

星期、月份、紀念日

Sunday、May、Dragon Boat Festival、Christmas、Double Tenth Day

縮寫、首字縮寫要大寫

WHO、NATO、UN、EU、FIFA、UEFA、NBA

書信或者email 的結尾語

Best wishes、Sincereley、Love、Cheers、Yours truly、Take care

12個疑惑解答，
讓學習之路更順利

每個人在學新語言時，都會遇到很多問題，我在台灣的經驗也是一樣。不論是我學中文，或者台灣人在學英文都會有很多常見的問題。所以我決定在這本書裡面，為讀者們準備一個Q&A的章節，讓大家更有自信學語言。我希望這些資訊會幫助到你們。

Q1 英文是很難的語言嗎？

其實，英文不算是很難的語言。如果你們想要知道哪一些語言最難，我可以說德文跟法文還滿難的。這兩個語言的文法，還有句子中的架構有很多變化。像是德文，所有名字都有一個性別，英文叫 masculine, feminine, or neuter！比如說車子，德文叫 das auto，或者海洋，德文就有三個不同說法，der ozean, das meer, die see！最簡單的一個例子，如果想要說：我爸爸的車子，英文 My dad's car，就是這麼地簡單，不過德文的話 das auto meines vaters! mein 是我的，不過後面加 es，本來 vater不過要加 s。不懂德文的讀者朋友，也許不太理解德文到底多難！像這種簡單的變化，在德國文法中很常見，所以學德文的人會遇到更多挑戰。

請不要認為英文是一個難的語言，只是要習慣它的邏輯而已。再加上如果用心學的話 ，幾個月內可以開始簡單地聊天。其他更難的語言，需要比較長的時間才能開口，而且文法規則更複雜。

📢 Q2 線上課有幫助嗎？

　　我覺得一定會有，多多少少。不過若是小孩子學英文，我還是不太習慣一直依賴電腦，最大的原因是怕對眼睛的傷害。所以我的建議是，如果用網路來學英文的話，記得半小時要休息一次，不要在螢幕前面待很久。最近幾年有很多線上課提供跟外國人聊英文的機會，我覺得這種課會有幫助。基本上不論是學哪一種語言，都需要把這個語言用在生活中才能進步。尤其是要聊天的話，可以找英文母語的人比較實際，但是如果找不到也沒關係，英文好的人也可以幫助你。尤其是歐洲人的英文還滿好的，可以跟這些國家來的人聊天，都是很棒的學習機會。

📢 Q3 學英文需要多久的時間？

　　這個問題沒有一個確定的答案，畢竟每個人的學習速度不同。但是以我的經驗，學基礎的英文需要一年的時間。如果認真練習，好好準備的話，一年內絕對會成功。也許第一年無法講複雜的內容，但是基本生活的聊天可以順順地進行。再加上學語言這件事，一輩子都在學。我在台灣已經十五年，還是繼續學中文。還有一件事一定要強調，學語言的目的不同，當

然需求也不一樣！比如說一些人學英文是為了興趣，只想要旅行的時候用而已！這種需求的話，一年的學習也許夠，但是有些人希望深度地了解英文這個語言，想要看小說，想要寫文章等等。這種需求比較大，所以兩至三年的學習也有可能不夠。不過不需要給自己壓力，我認識很多人一至兩年內把英文學很好，然後靠自己一直可以進步。有時候可以出國半年也有很大的幫助。

🔊 Q4 學英文最難的部分是什麼？

我個人覺得英文最難的部分是Phrasal verbs （片語動詞）跟Idioms（俚語）。比如說Break down 是一個很簡單的片語動詞，而且很常用得到，意思是壞掉。像是 The computers at our office are always breaking down. 不過也有一些稍微難的片語動詞喔！像是 Come around，come 是來的意思，around 是周邊的意思，但是come around 是改變主意的意思。給你一個句子會比較容易懂。I never liked beef but came around after trying beef noodle in Taiwan. 這句很簡單，我從來沒有喜歡牛肉，但是在台灣吃了牛肉麵之後，我就改變主意了。英文有很多這種片語動詞。我提供給你一些很常用的片語動詞好了。Calm down, call（something） off, clean up, come between, come down on, come up, dive into, fall apart，get ahead, get along with, give up, keep（something）up, count on, end up, turn down，這些都只是一小部分而已，還有很多。我建議你這方面要做好功課，才能學好片語動詞。上面的英文字的意思我故意沒有給，是因為想要鼓勵你們打開辭典自己查來練習。

　　另外一個難的部分是英文的Idioms（俚語），其實俚語或成語在任何一個語言都是難學，像是中文的成語多到讓老外頭痛。英文也有很多俚語，不過學俚語的時候，也要知道哪一種狀況下可以用，不然隨便講幾個俚語會讓人覺得很奇怪。比如說有一個俚語我很喜歡，Once in a blue moon，意思是很少發生的事。要造句的話可以說 I only eat BBQ once in a blue moon. 然後還有一個我相信大家都知道，A piece of cake，很簡單的意思。我覺得想要學英文俚語的話，先從最簡單的開始，千萬不要把所有的俚語找出來，然後開始背，說實話，也許今天你背一百個俚語，但是過了幾天都會忘光光。所以要好好學跟吸收，最好用在自己的生活中就不容易忘。我提供給你一些在英文很常出現的俚語，不過用法都是要自己找喔！Hit the books, hit the sack, sit tight, face the music, ring a bell, on the ball, get over something, pay an arm and leg for something, to go Dutch, find your feet, in hot water, eat like a bird, eat like a horse...

　有些人覺得英文發音也是很難，但是這方面我沒有遇到太多問題，也許因為我是西方人，比較容易學這部分，ABC的發音不會太辛苦。不過還是要提醒，英文的發音也跟著國家在變，美國人的發音跟英國人的不一樣，還有紐西蘭、蘇格蘭、愛爾蘭等等地方更不同。我覺得你最好學比較常用的美式英文，然後可以慢慢學其他地方的發音。

🔊 Q5 有辦法可以自學英文嗎？

　這個問題也是很常被問的！答案是：看人！我遇到過自己學英文的人，但是說實話不多！學習這件事每個人能力不同，一些人出生就比別人學得快，但是有些人需要時間，不過也有人學得慢，但是學得很扎實。我覺得完全自己學英文實在是有點辛苦，從零開始，然後文法等規則會給人滿大的壓力。我比較建議至少基礎的部分要跟著老師學比較有效。也許第一年跟老師好好上課，懂一下英文的邏輯，然後可以自己練習、看書、看電影等等慢慢進步。

🔊 Q6 學英文最適合的年齡是幾歲？

學習沒有什麼年齡啦！你要學的話都可以！七歲的小朋友跟七十歲的人也都可以學，重點是你要不要學習而已！不過有一件事我必須要講清楚，年輕的時候學語言比較容易，尤其是小孩子。像是我，如果現在想要再學一個語言一定會更辛苦，最大的原因是無法抽空去多花時間學新的語言，然後我的學習能力也是變慢了。比如說二十歲我花一個小時的話，現在需要花兩個小時才能學好。

如果你是父母的話，我建議孩子三至四歲的時候，可以開始讓他們接觸英文，其實台灣很多幼稚園都有英文，一開始不要那麼嚴格，讓孩子喜歡學語言比較重要。像是一起唱英文歌，看英文卡通等等都是有效的方式。等孩子六至七歲的時候，英文學習的時間可以拉長。不過千萬不要讓孩子覺得學語言是為了父母！他們要知道學語言是為了自己，為了跟全世界溝通，而不是為了父母或者為了考試。

如果你年紀比較大也不用擔心，我之前學中文的時候認識一位同學五十歲，她當時跟我們一樣每天來上課，很認真，結果四年後畢業。她孩子在準備大學考試的時候，她把中文這個語言學起來了，後來她去北京，寫書等等，所以基本上年紀不是問題。

Q7 我想要準備 TOEFL 的話需要做什麼呢？

　　TOEFL 是英文學習的時候，還滿常遇到的一個挑戰。我從來沒有考過 TOEFL，是因為沒有需要，但是有時候一些公司或者出國念書的話，是真的需要 TOEFL。以我之前大學考試的經驗，為了準備考試或者 TOEFL 的話，非常需要練習考試這件事。我記得學中文之前，必須要先考大學的英文入學考，所以我幾乎每天都在練習考試，抓好時間，反覆練習，才有辦法在考試表現得好。

　　在台灣有很多專門教 TOEFL 的英文補習班。這種地方一定會幫助你，如果不去補習班的話，必須要好好規劃自己的時間，每天花四至五個小時練習。可以買之前的 TOEFL 考試的考古題，考試也是一個練習，英文好不等於考試可以成功，重點是要習慣考試的邏輯，有限的時間下必須要好好回答所有的問題。我之前認識一些同學，考試的時候因為緊張而失敗了！TOEFL 是不簡單，但不是不可能的任務。英文到了一個很好的程度之後，每天好好練習的話，我想不會太困難。如果第一次失敗也沒關係，可以再挑戰。

🔊 Q8 我想要練習英文的話怎麼辦？

所有的語言最好的練習方式，是跟外國人聊天，不管遇到哪一國人都可以，只要對方會講英文一定會有幫助，當然跟母語英文的人聊天的效率還是比較好。以我在台灣的經驗，最好練習的方式是找一位願意跟你進行對話的外國人。像是你跟外國人交換語言，對方學中文的時候，你可以學英文。這種方法不用錢，也可以認識不同國家的朋友。尤其是語言學校一定有很想要認識台灣人的外國學生。每一個星期跟外國朋友見面，聊天一至兩個小時會幫助你的語言學習。

如果台灣像土耳其一樣每年有好幾千萬個外國觀光客的話，其實你可以去一些飯店或者旅行社、餐廳等等地方工作。我是這樣練習英文跟德文，絕對有效，而且可以認識世界各地的人，學會不同口音的英文。

另外一個可以推薦的是 work and travel，也就是說打工遊學，我相信大部分的人都聽過。首先你去一個國家工作賺錢，也順便學英文跟旅行。在土耳其我的一些朋友用這個方式出國，像是去美國。不過一定要注意一件事，必須跟一家可靠的公司聯絡，要好好規劃適合你的工作項目，因為我記得一些外國人去阿拉斯加魚工廠工作，薪水很高，但是工作實在是太辛苦。

最後一個選擇是線上跟外國老師聊天。這個部分我已經在第二題回答了。

📣 Q9 英國還是美國口音比較好學？

我覺得答案是美國口音吧！最大的原因是我們接觸的很多電影、影集等等作品，幾乎都是美國來的，我們不斷地聽美式英語。連英國演員去好萊塢發展的話，也要練習美國口音。雖然我覺得英國口音比較好聽，但是要學的話，真的需要英國的環境，在台灣比較少有機會受到這方面的教育，除非你的老師都是英國人，或者你專門在看英國的電影。我覺得口音這件事不是那麼地重要。重要的是你學好英文，然後清楚地跟外國人聊天。

📣 Q10 英式英文跟美式英文之間有什麼差別？

其實英文這個語言的發源地是英國，但是跟著大量的移民去到美國，英文也是受到不少影響。基本上世界所有語言都有在地的發音，一些特殊的單字跟俚語。英式英文也是其中之一。最大的差別在發音跟用的單字，而且光英國國內用的英文也有差別！像是 Liverpool，那邊的人有屬於自己的 accent 叫

做 Scouse。如果你不是那邊的人，那就很難聽得懂他們在講什麼，不過我個人覺得你不需要太在乎這些在地的用途。首先你好好學英文就對了！但是一些發音上的差別，跟英國用的單字有機會也可以學起來。等有一天你去英國的時候，更容易融入在地的語言文化。

你們看我，在台灣講中文的時候，我也受到台灣的影響，我的口音一些俚語都是跟台灣人一樣，但是去中國學中文的外國人，發音就不一樣。我記得之前因為我很常接觸奧地利人，結果我開始學他們在地的語言用途，其實這種學習都是好的，代表你融入其他文化裡頭。我會提供給你一些英式跟美式英文用的單字，可以學一些，但是請記得，這種不同的說法跟單字很多，然後還有文法上的變化，因此無法列出全部。如果你有這方面的興趣，必須跟著當地老師練習，或者你針對想要學的口音要做仔細的研究。

另外，還有加拿大、澳洲、紐西蘭等等地方的英文變化，都是滿有趣，但是需要時間跟真實體驗才能真正地吸收，像我在台灣的生活一樣。

📣 Q11 很想要加強聽力能力需要做什麼呢？

聽力的練習最需要的就是不斷地聽英文廣播，或者看電影。現在網路這麼發達，可以用手機聽 BBC radio 或者美國任何一個喜歡的廣播／Podcast。多聽是關鍵，也許晚上睡覺之前也可以聽二十至三十分鐘的廣播都會幫助你。比如說有時候我在聽英文的有聲書，很好玩又可以練習聽力，或者聽 TED TALKS、演講、音樂等等都可以加強你的聽力。

📣 Q12 如果我講英文的時候，突然卡住的話，怎麼辦？

基本上不用擔心這種事情發生。這個是很正常的，尤其是發生在初學者身上。你跟外國人聊天時，如果突然卡住的話，首先不要過度緊張，然後輕鬆地跟對方講狀況。Sorry, I cannot remember the English word. Would you help me please? 這句話是很老實地告訴對方，我想不出英文單字，可以幫我嗎？基本上對方會幫助你。如果真的沒辦法記得，可以說：Let me think about how to explain that. 這句話可以給你多一點時間想一想。或者可以跟對方說：Oh, it is on the tip of my tongue! 意思是，我

差點要說出，但是沒辦法，這個是一個俚語可以學一下。當然這種狀況下，還有很多方式可以說，參考其他的英文句子：

I forgot what I wanted to say!
我忘記要說的事。

What was I saying?
我剛剛在說什麼？

No, that's not what I wanted to say...
我的意思不是這個，我的意思是⋯⋯

總結

　　親愛的讀者朋友，這本書已經到最後的結尾。我相信你已經對語言學習，跟怎麼和外國人講話有一個清楚的概念。請不要忘記世界上沒有一個課程、教材或者書讓你馬上變得很厲害。所以不管我教你多少，最後的決定在你的手上。你的努力，對語言的好奇心跟不斷的學習態度，才是你成功的關鍵。尤其是學語言這件事非常需要練習，不然一切會退步很快。你現在很會講英文、法文或者任何一個語言，但如果一直都不用這些語言的話，一段時間之後會開始忘記它們。搞不好兩至三年不講外語，就全部都忘光光了！

　　我希望你記得我的這句話：「語言是活的！」跟肌肉一樣要訓練它，刺激它才能進步。下次你看到外國人不用怕，用自信的態度，好好用你的外語能力跟世界做朋友；下次在路上看到我的話，也歡迎跟我講英文、德文或者土耳其話。我很期待收到你進步、成功的消息，記得把你精采的成功故事分享給我。

I wish you all the best and please keep your spirits high for language education! All the best.

【附錄①】測測你的英文程度在哪裡？

在這裡我想要提供給你一些小練習，我特地選比較簡單的內容，畢竟我的書不是希望給你很大的壓力，而是想要幫你建立一個學習觀念。因此可以開開心心地做這個練習，會有有效的結果。其實如果準備一些英文考試的話，必須要每天練習不同難度的內容，這個部分你必須要看看自己的需求，跟英文程度在哪裡。

1-Please choose the correct word and complete the sentences 【look (at), see or watch】Don't forget conjugate the verb in the correct tense

She said her mom_____a dark shadow behind the wall.

I don't have time to _____Top Gun 2.

Do you _____ that women in the red dress?

His kids spend too much time_____TV.

Please_____at my photo.

Have you _____the latest Indiana Jones movie?

2- Choose the correct word for the sentences below 【Your or You're】

What is _____favorite Taiwanese dish?

I think it is time to write _____ English homework.

I can't believe _____ leaving Taiwan.

_____ my best friend I have ever had.

I need to borrow _____ Turkish dictionary for this weekend.

Please leave _____ shoes outside.

Did you sell _____ car?

3- Assure vs. Ensure vs. Insure

My wife keeps her art collection in a safe to _____ againts theft.

I have two kids, so it is very important to _____ my life to protect my yearly income.

A good team with talented players is believed to _____ victory in the world cup.

My teacher tried to _____ me that she knew she was doing.

I _____ you, nothing is cheap in London.

Before I could open my business in this town, I had to _____ against earthquake.

Let me _____ you once again Mr. Cruise.

4- Fewer / less exercises

There were _____ days below freezing last winter.

I drank _____ water than she did.

I have _____ than an hour to do this work.

People these days are buying _____ newspapers.

I have _____ time to do this work.

_____ than thirty children each year develop the disease.

I wear _____ makeup on weekdays.

He worked _____ hours than I did.

5- True or False 〔in to or into?〕

I dropped into say hello.

She likes to tune in to the English radio station on Sunday mornings.

His books have been translated into German.

I went in to use the WC.

My wife turned in to a beautiful princess at the costume party.

6- Please 〔fill the blanks〕 and conjugate the verb in the correct tense

She _____ to the Taipei 101 yesterday (go)

I was _____ a book (give)

The sun _____ in the morning (rise)

She's _____ with a dentist (marry)

Although it was raining, we _____ the picnic (have)

I look forward to _____ you (meet)

My daughter _____ violin for 5 hours（practice）

7- I give you some British English words，please write their American English usages

British English	American English
lavatory	
chemist's	
lorry	
lift	
biscuits	
luggage	
car	
post box	
trousers	
cinema	
chips	

crisps

rubbish bin

petrol station

handbag

pupil

mobile phone

trainers

sweets

aeroplane

torch

autumn

holiday

taxi

railway

underground train

rubber

exercise book

答案：

1. 【look (at), see or watch】

saw，watch，see，watching，look，seen

2. 【Your or You're】

your，your，you're，you're，your，your，your

3. 【Assure vs. Ensure vs. Insure】

insure，insure，ensure，assure，assure，insure，assure

4. 【Fewer / less exercises】

fewer，less，less，fewer，less，fewer，less，fewer

5. 【in to or into】

False，True，True，True，False

6. 【fill the blanks】

went，given，rises，married，had，meeting，practiced，

British English Vs American English

7. 【British English vs. American English】

restroom/ drugstore/ truck/ elevator/ cookies/ baggage/

automobile/ mail box/ pants/ movies/French fries/potato chips/

garbage can/gas station/purse/student/cell phone/sneakers/

candies/airplane/flashlight/fall/vacation/cab/railroad/subway/

eraser/notebook

【附錄②】「吳鳳來示範」中譯

Chapter2

P051

你看我，我要跟你溝通的時候不需要複雜的英文單字，為什麼？因為我不需要。我需要的是跟你溝通，簡單地表達自己，然後聽得懂你的意思。可以的話，我想要讓你笑，我想要當你的朋友。

P053

學語言不是一直卡在文法裡頭，或者不斷地背一堆單字。學語言最重要的部分是講話！一直要講話！不要怕說出來！如果講錯也沒關係！這個很正常，沒有人在計算你的錯誤！

P056

Jack：早安Penny，今天好嗎？
Penny：我很好，你呢？
Jack：我也很好，因為今天我要去拜訪我最好的朋友。
Penny：很棒！
Jack：你好好享受今天的時光（祝你美好的一天）。我們再聊，我先走。
Penny：好的，再見。

P058

這裡是我的城市
台北是台灣的首都。台北人口有接近三百萬人。台北的意思是台灣的北部。你來台北的話，不要忘記去參觀世界最高的大樓之一台北101。這個大樓超過五百公尺的高度，它是台北的地標。

P059

台南是台灣之前的首都，台南的人口有兩百萬人。台南的意思是台灣的南部，台南最有名的是歷史跟美食。如果去台南的話，請不要忘記品嚐好吃的在地美食。

P062

小莫莉住在一個美麗的小鎮。她的小房子建在靠近山的一條美麗的河岸上。她是她父母的獨生女。雖然他們不是很富有，但他們生活得很幸福。
她的房子周圍環繞著巨大的樹木和美麗的植物。那是一間單人床的房子，木頭做的。莫莉不太喜歡她的房子。她覺得房子太小，不太整潔。小莫莉非常喜歡這座山。陡峭稀疏的山上，有一座美麗卻廢棄的城堡式房屋，金色的窗戶。

P063

練習閱讀是一件很棒的事，它有助於提高你的英語能力。如果你練習任何一種英語故事，一段時間後你的英語對話在詞彙方面會豐富很多。

Chapter3

P071

你好，我是Rifat（里法特）。
我住在台北，你從哪裡來的？
之前沒有看過你，應該是新來的吧？

P073

Rifat：你好，早安，我是Rifat。昨天在這裡看到你，所以想要跟你打招呼。
Pedro：早安。我叫Pedro（佩德羅），很高興認識你，是的，我最近搬到這裡。
Rifat：很棒，這個區域在台北很熱門。你是哪裡人？

Pedro：我是西班牙人，你呢？

Rifat：我是土耳其人，不過住在台灣已經16年了。你在台北做什麼工作？

Pedro：我是在保險公司上班，你呢？

Rifat：我是藝人，主持電視節目跟拍網路影片。

Pedro：很厲害。我有事所以必須要先走，我們下次再聊。

Rifat：好的，很高興認識你，再見

P 076-077

我的名字是保羅。我今年30歲。我來自葡萄牙里斯本。我是律師。我現在住在台中。我喜歡繪畫和藝術。我已婚，有二個孩子，一個男孩和一個女孩。我喜歡台灣的寺廟。我想學中文，但是有點難。我最喜歡的食物是牛肉麵。

你好，我是 Raj，我來自印度。我在台灣師範大學讀書，我是一年級的學生，主修政治系。

我想告訴你一些關於我的背景、興趣、成就和目標。

我出生在德里，在那裡度過了我的童年，然後搬到台灣。我在台灣生活了10年。我會說流利的印地語、中文和英語。我的日常活動，包括做研究、打籃球和閱讀有關台灣歷史的書籍。除了學習之外，我還在台北市的一家貿易公司擔任翻譯。工作和學習都很有挑戰性，但我對自己的生活感到滿意。

我的目標是以優異的成績完成學業，成為亞洲研究專家。

P079

台灣是東亞的一個島國。台灣陸地總面積約3.6萬平方公里。我們國家有2300萬人口。台灣是一個多山的國家，玉山是最高的山，高達3952米。台灣屬亞熱帶氣候，夏季炎熱潮濕，冬季短暫而溫和，只有在高山上會下雪。台灣以其混合的中華文化和先住民文化、獨特的食物和技術而聞名。許多電子產品在台灣製造，尤其是電腦和 LED。在台灣，我們說華語。

P083

Luca (Italy)： 不好意思，可以幫我嗎？

Rifat：當然，你需要什麼呢？

Luca： 我想要去台北101。

Rifat：這很簡單，你沿著這條街走200公尺，然後在你的右邊會看到捷運標誌。你可以搭藍線的捷運，在市政府站下車。從捷運出來，你就會看到台北101，台北最高的大樓。

Luca：謝謝你，如果搭計程車呢？

Rifat：當然可以，在台灣搭計程車很安全，而且不貴。從這裡搭計程車到台北101只需要十分鐘。

Luca：明白！再一次感謝你。

Rifa：不客氣，祝你美好的一天。

P086

American：我們是在天然瓦斯公司上班，你朋友說在這裡可以買汽油。

Me：你們好，歡迎來到土耳其。我可以幫你們，需要哪一種汽油呢？

American：你們有美孚嗎？

Me：我們有，我們還有英國石油、嘉實多、和美孚。

American：很棒，請給我10大桶，16 公升的美孚汽油。

P089

你想要跟著我一起去北海岸旅行嗎？你想要看台灣的北海岸嗎？台灣的北海岸很漂亮，如果你想要的話，我們可以一起去！更直接的說法：走，我們一起去北海岸！

P090

介紹Yehliu Geopark（野柳地質公園）
野柳地質公園是台灣最著名的地質奇觀之一。這個自然奇觀是由數千年的風化和侵蝕形成的。其實野柳讓我想起了土耳其的卡帕多奇亞地區！

P091-092

Rifat：這裡是台灣北海岸最知名的地質公園。
Alex：好漂亮，好像是另外一個星球。
Rifat：這裡是大自然的禮物。這些石頭都需要好幾千年才能形成。你看，這塊石頭被稱為女王頭，因為它看起來像伊麗莎白一世。不過由於侵蝕，它可能很快就會倒塌。
Alex：大自然給予然後收回。沒想到台灣有這麼美的地方。謝謝你把我帶到這裡。
Rifat：別忘了介紹給你的朋友，台灣還有更多的自然驚喜等著你去發現。
Alex：一定會！再次感謝您帶我來這裡，享受如此有趣的旅行體驗。

P093

基礎：你想要吃什麼？
進階：你知道嗎？對台灣人來講美食是藝術。你開始認識台灣的美食，會發現這個地方很混合、多樣性。

P096

Salesclerk（店員或者銷售業務員）：您好，歡迎，您需要什麼服務呢？
Rifat：我想要買運動鞋。
Salesclerk：您的預算多少？您想要花多少

錢呢？
Rifat：差不多50塊美金。
Salesclerk：您穿幾號鞋子？
Rifat：美國款式10.5 或者歐洲的話43號。
Salesclerk：好的，這些運動鞋最近很夯，價格也不超過您的預算，43塊美金。
Rifat：我喜歡。這是最後的價格嗎？
Salesclerk：不好意思，我們無法提供更多優惠，這些已經有9折！
Rifat：了解，好的，我要買。

Chapter 4

P102

高粱是我們的國酒，如果你喝幾杯就會開始講流利的中文或者台語！

如果你喝一杯你就沒辦法睡覺，如果喝兩杯，你老婆不能睡覺，如果你喝更多，那就你的鄰居不能睡覺。

P104

為什麼大象不能用電腦？
因為他怕老鼠。
看恐怖片最適合吃什麼零食呢？（冰淇淋 英文諧音）。
騎士最愛哪一條魚呢？ 旗魚！

P107-108

Rifat：你好，我是Rifat，我來自土耳其，你呢？
Dominic：我叫多米尼克，來自英國。
Rifat：哇，好酷！我很喜歡看英國超聯盟，你呢？
Dominic：我也是啊！我是曼聯的粉絲。
Rifat：今年你們的隊很強，也許你們會打敗曼城，我希望會如此！

Dominic：他們很強，不過我們的隊也不錯喔！尤其是布魯諾‧費爾南德斯最優秀！

P109

Rifat：你是哪裡人？

William：我是來自阿拉斯加。

Rifat：哇。我聽過很多阿拉斯加相關的資訊，然後也看了不少紀錄片。阿拉斯加的大自然真的不可思議。

William：是的，很漂亮。不過同時也很狂野跟危險。

Rifat：阿拉斯加最知名的動物有哪些呢？

William：我們有棕熊、大灰熊、駝鹿、狼等等。

Rifat：聽起來住在很美的環境裡頭，像是台灣一樣。我們也有熊，我們叫牠們黑熊。另外我們有石虎，猴子跟山豬。

William：你也算是很幸運，住在這麼美的土地上。

P115-116

台灣是東北亞和東南亞交界處的島國。我們的島有一個殖民歷史非常悠久。 16世紀，越來越多的大陸漁民開始在台灣定居。該島隨後被葡萄牙人、荷蘭人、西班牙人、中國人和日本人統治過。今天的台灣，你可以看到所有這些文化的痕跡。在台灣，許多台灣人的信仰結合了佛教、儒家、道教和民間宗教的各個方面。在台灣的每一個角落，你都可以找到美麗的寺廟。台灣的官方語言是華語，種族主要由閩南人、客家人和原住民組成。然而，台灣也有超過七十萬的外國人，從鄰國如印度尼西亞、馬來西亞和中國來工作或結婚。

P118-119

Lucas：我一直想知道，台灣是如何成為外國人歷史上最寶貴的土地之一。

Rifat：是因為台灣的地理位置，跟天然資源，像是黃金、銅、煤跟林業。

Lucas：台灣有黃金？

Rifat：是啊，台灣有黃金，而且你知道嗎？日治時代台灣的北部有建立許多金礦。如果你來台灣的話，我建議你去參觀金瓜石黃金博物館。

Lucas：我沒聽過！

Rifat：其實台灣最知名的資源是森林，日治時代很多樹林產品都被運回日本。

Lucas：我猜也是，台灣有很多森林，你看這些山群，都是綠色。

Rifat：與面積相比，台灣擁有最崎嶇的領土。而且你知道？台灣海拔3000米以上的山峰有250多座。

Lucas：這很厲害！台灣最高的點是在哪裡？

Rifat：台灣最高的點是玉山，接近四千公尺。台灣大部分的高山都在中央山脈上，從北到南總共有270 公里的距離。

Lucas：我相信那些地方都很漂亮。

Rifat：當然，如果你去爬山，你會享受無數的步道。這些山脈有黑熊、梅花鹿、台灣獼猴等等。

P123-124

台灣不是泰國！

Max：你是哪裡人？

Rifat：我是台灣人。

Max：我知道你的國家，有很多大象！

Rifat：對不起，好像你搞錯地方！我是來自台灣，不是泰國。

Max：喔，我的錯，對不起！

Rifat：泰國是在東南亞的國度，鄰國有緬甸，柬埔寨，寮國跟馬來西亞。不過台灣是一個島國，在遠東，離中國東南部很近，北部有日本，南部有菲律賓。

Max：我有點不懂。

Rifat：沒關係。我可以跟你多介紹台灣。台灣跟泰國是完全不同的國家，像是西班

牙跟德國。在台灣我們講中文，但是在泰國他們講泰文。台灣是世界最富有的國家之一。我們的首都是台北。我們有黑熊跟許多其他動物，但是沒有大象。希望有一天你有機會去台灣玩。我相信你會愛上我們的土地，歡迎你。

P125-126

外國人也許會問你：

台灣的政治狀況如何？

或者問：你怎麼看台灣跟中國之間的關係？你怎麼看兩岸關係？

你可以用的句子：

我覺得台灣跟中國是兩個分開的政府。

台灣是一個主權國家，我們的官方名字叫中華民國。

我希望中國跟台灣用和平的方式解決問題。台灣有自己的議會，憲法跟軍隊。另外，我們投票選自己的總統。在台灣我們有言論自由、人權跟民主。台灣跟中國有很多差別，比如說在台灣我們用繁體字，不像中國是簡體字。我們有自己的貨幣，是新台幣。

P126

台灣人是世界最熱情的人之一。我們熱情的歡迎外國人，我們對不同文化的包容性真的很深。我們是一個多元文化的國家，由許多不同的民族組成。台灣是一塊對所有文化和宗教充滿熱情好客的土地。我們有一個友好的社會。

P129-130

Alex：我聽過許多關於台灣科技的事。台灣真的有那麼發達的高科技嗎？

Rifat：沒有錯。台灣是亞洲最主要的科技

中心之一。

Alex：台灣成功的原因是什麼？

Rifat：這主要是因為台灣自 1980 年代以來，負責提供大量資訊科技 (IT) 和電子行業相關的創新和知識。

Alex：實在是太有意思了。我之前不知道。

Rifat：台灣被認為是代表經濟和科技實力的亞洲四小龍之一。

Alex：與台灣的小面積相比，這是巨大的力量。

Rifat： 面積不代表我們不能生產許多東西，在台灣有1.4百萬中小企業。

Alex：聽起來台灣有很大的潛力。

Rifat：很多國際知名企業，甚至更多國際級的資本、人才、科技企業都看好台灣，紛紛來台加大投資。

Alex：謝謝你提供這麼珍貴的資訊，真的很感謝。

Rifat：我很開心你喜歡。我建議你可以看相關的文章，可以幫忙你了解更多台灣相關的資訊。

Alex：謝謝，我一定會。很開心跟你聊過天。

Rifat：不客氣，下次見。

P131-132

Helmut：我們在德國有很大的企業，我想你知道。

Rifat：是的，我知道。尤其是德國的汽車企業很大。

Helmut：沒有錯，連小企業也有很大的收入。台灣呢？你們有國際企業嗎？

Rifat：是啊，我們有很多。我相信你已經聽過這些。

Helmut：真的嗎？有哪些？

Rifat：台灣是世界最科技的國家之一。我們是全球晶片企業領導者，華碩、宏碁、

技嘉、聯發科技都是台灣品牌。

Helmut：這很厲害！你知道嗎？我的電腦是華碩耶！

Rifat：我說過你已經知道我們的企業/品牌。我們還生產世界最好的腳踏車喔！捷安特是全世界最大的腳踏車製造商。因為如此台灣叫做亞洲四小龍之一。

Helmut：這個是什麼？你們生產龍嗎？

Rifat：不是啦！意思是我們的生產量像是龍一樣，有特色跟獨特性。

Helmut：哇！我跟你學很多東西。沒想過台灣的經濟跟面積比起來這麼發達。

Rifat：在台灣我們說，大小不重要，功能最重要！

Helmut：說得好，你真的很有趣。

P135-136

David：你的國家疫情狀況如何？

Rifat：台灣在抗疫初期取得了驚人的成功。但經過一年的成功，局勢無法控制，台灣開始出現新冠病例。

David：這真的很難控制下來，不過我覺得台灣已經盡力了。

Rifat：沒有錯，我們的衛生工作者和政府在一開始就處理好了這場危機。當世界正在經歷疫情危機時，我們沒有封鎖城市，甚至關閉學校。

David：這聽起來很厲害，到底怎麼做到？

Rifat： 其實這都是台灣在病毒傳播之前的預防措施。例如，特別是機場的邊境管制、檢疫規則以及我們衛生工作者辛勤地工作。

David：我希望其他國家也這麼做。

Rifat：是的，不過沒有人想到病毒會這麼危險。有些國家小看這個狀況，也沒有很快進行防疫措施。所以病毒在歐洲跟美國失去控制。

David：這真的讓人難過，不過我想事情已經好多了。

Rifat：我希望疫苗保護地球跟我們的健康，這是一個長期抗戰，不過最後我們一定會贏。

David：希望如此。

Rifat：你國家狀況如何？

David：很可惜我們不像台灣一樣那麼地幸運，疫情開始到現在我們失去了好幾千個人。

Rifat：實在是讓人很難過。

P139-140

Rifat：你認為南非是一個生態友好的國家嗎？

Jim：我們的國家非常了解可再生能源，並且持續投資在更綠色的未來。

Rifat：你們的能源是什麼？

Jim：我們用煤炭，不過這對空氣品質不好。我們能源69%是來自煤炭。台灣呢？

Rifat：我們也在用煤炭，但是不像你們國家這麼多，我想我們能源的30%來自煤炭。

Jim：你們有核能嗎？

Rifat：有，在台灣有三個核電廠。你國家呢？

Jim：我們只有一個核能發電廠，它幫我們提供3%的能源而已。

Rifat： 我覺得我們的國家都要多投資綠能，像是太陽能、風力、生物質等等。

Jim：是啊，台灣跟南非都有很大的太陽跟風力可以用。

Rifat：我同意，我們國家都有很大的潛力發展再生能源。不過我們都要再盡力善用這些資源。

Creative 180

語言是活的：
吳鳳寫給你的第一堂外語課

作　者｜吳鳳

出 版 者｜大田出版有限公司
台北市一〇四四五中山北路二段二十六巷二號二樓
E - m a i l｜titan@morningstar.com.tw http://www.titan3.com.tw
編輯部專線｜(02) 2562-1383 傳真：(02) 2581-8761

總　編　輯｜莊培園
副 總 編 輯｜蔡鳳儀
行 政 編 輯｜楊雅涵／鄭鈺澐
校　　　對｜金文蕙／黃素芬
內 頁 美 術｜陳柔含

初　　刷｜二〇二三年一月一日　定價：三五〇元
二　　刷｜二〇二三年一月三十日

網 路 書 店｜http://www.morningstar.com.tw（晨星網路書店）
TEL：(04) 23595819 FAX：(04) 23595493
購書 Email｜service@morningstar.com.tw
郵 政 劃 撥｜15060393（知己圖書股份有限公司）
印　　刷｜上好印刷股份有限公司
國 際 書 碼｜978-986-179-773-1 CIP：805.18/111015084

① 立即送購書優惠券
填回函雙重禮
② 抽獎小禮物

國家圖書館出版品預行編目資料

語言是活的：吳鳳寫給你的第一堂外語課
／吳鳳著 . ——初版——台北市：大田，
2023.01
面；公分 . ——（Creative；180）

ISBN 978-986-179-773-1 （平裝）

805.18　　　　　　　　　　111015084

版權所有　翻印必究
如有破損或裝訂錯誤，請寄回本公司更換
法律顧問：陳思成